The Awakening

각성

케이트 쇼팽 지음

이진 옮김

윌북

여는 글

시대가 걸어 잠근 문 안에서 깨어나는 일

하미나(작가)

소설 『각성』은 19세기 말 미국 남부 뉴올리언스에 사는 상류
층 여성 에드나 퐁틀리에를 중심으로 펼쳐지는 이야기다. 수
완 좋은 사업가 남편의 아내이자 두 아이의 어머니인 에드
나는 멕시코만에 위치한 그랜드 아일이라는 섬에서 여름휴
가를 보내다가 별안간 '각성'한다. 에드나의 각성은 다소 갑
작스럽게 느껴지는데, 사실 각성이란 게 대체로 그런 성질을
지닌 것 같다. 조용히 잠재되어 있던 변화가 제 모습을 드러
내며 삶의 방향을 통째로 바꾸어놓는 것.

   에드나의 각성은 아내나 어머니로서가 아닌 한 명의 인간
으로서 세계에서 자기 존재의 위치를 인식하는 각성이다. 혹은

이렇게 문장으로 도저히 일축될 수 없는 무엇으로의 각성이다. 이러한 변화는 정치적이면서 또한 영적이다. 새로운 자아의 탄생은 기존 자아의 죽음을 의미할 수밖에 없기에, 에드나의 각성은 "길을 보여주는 빛이자 길을 가로막는 빛"이 된다.

소설은 "어쩔 수 없이 모호하고 뒤엉켜 혼란스러우며 극도로 불안할 수밖에" 없는 에드나의 각성과 그 전후를 보여준다. 독자 입장에서는 에드나의 눈에서 비늘을 벗겨낸 것이 누구이며 무엇이었는지를 여러 상황을 살피며 가늠하게 하고, 또 전과는 달라진 에드나가 자신 외에는 무엇도 달라진 것이 없는 세상에 어떻게 대응해가는지를 보게 만든다.

이러한 변화는 에드나의 섹슈얼리티와도 연결되어 있다. 『각성』에서 드러나는 에드나의 성애는 구경거리 혹은 스펙터클을 위해 제공되는 것이 아니다. 그보다는, 오드리 로드가 「성애의 활용·The Uses of The Erotic」(1978)에서 지적해주었듯이 자신의 느낌을 신뢰하는 일, 자신 안의 더 진실한 자아가 가리키는 방향을 믿고 따르는 일, 곧 자기 자신과의 연결을 회복하는 일이다.

자기 자신을 믿기 시작한 여성은 얼마나 위험하고 또 강인한가. 용감하고도 진실되며 간결하고도 아름다운 은유로 가득 차 있는 이 소설은 1899년 출간 당시 독자와 비평가로부터 혹독한 비판을 받았다. 너무나 혹독한 나머지 작가의 문학 경력을 사실상 끝장내버렸다. 당대 사람들은 이 소설이 "병적이고morbid", "천박하고vulgar", "혐오감을 주고repellent", "유독하다poison"고 말했다. 귀스타브 플로베르의『마담 보바리』, 톨스토이의『안나 카레니나』등 쇼팽 이전에도 기혼 여성의 불륜과 섹슈얼리티를 탐구한 많은 작품들이 있었다는 것을 감안하면, 쇼팽의 책이 이토록 혹독한 비판을 받은 이유는 어쩌면 여성의 욕망을 여성 스스로 썼다는 데에 있다.

케이트 쇼팽은『각성』출간 이전에도 여러 권의 책을 낸 꽤 인기 있는 작가였다.『각성』출판 후 새 책의 출판 계약은 무산되었고, 쇼팽은 경제적 어려움에 시달리다가 5년 뒤 1904년 8월 54세의 나이에 세상을 떠났다. 이후『각성』은 곧 잊혔다. 케이트 쇼팽이 다시 발굴된 것은 1960년대 미국에 제2물결 페미니즘이 퍼지면서 앞선 세대 여성의 이야기를 찾으려는 독자가 많아진 때였다. 재발견된『각성』은 이제 초기 페미니즘 문학의 고전으로 손꼽히는 작품이 되었다.

시대에 응전하다

쇼팽은 1850년 2월 8일 미국 미주리주 세인트루이스에서 캐서린 오플래허티라는 이름으로, 아일랜드 가톨릭 신자인 아버지 토머스 오플래허티와 프랑스계 크리올 어머니 엘리자 패리스 사이에서 태어났다. 다섯 살에 아버지를 철도 사고로 잃고 이후로도 재혼하지 않은 어머니와 함께 살다가 스무 살 때 역시 프랑스계 크리올 가톨릭 신자였던 오스카 쇼팽과 결혼하여 뉴올리언스로 이동했다. 1871년부터 1879년까지 9년 동안 여섯 아이를 낳아 키우던 중 1882년 남편이 갑작스럽게 병으로 세상을 떠나자 아이와 함께 어머니가 있는 세인트루이스로 돌아오지만, 어머니마저 쇼팽이 돌아오고 1년 뒤 세상을 떠난다.

남편과 어머니를 연달아 잃어 상심에 빠진 쇼팽은 자신의 산과의사였던 프레더릭 콜벤하이어 박사와 우정을 나누며 위안을 얻고 지적으로 교류한다. 진보적인 지식인이었던 콜벤하이어는 쇼팽에게 찰스 다윈과 토머스 헉슬리 등의 저작을 소개해주며 쇼팽이 글을 쓰도록 독려했다. 곧이어 쇼팽은 지역색을 드러내는 단편들을 쓰기 시작했고, 1890년에 첫 번째 장편소설인 『잘못At Fault』를 출판한다. 이어서 단편 모음집인 『바이유 사람들Bayou Folk』(1984), 『아카디의 밤A Night in Acadie』(1897)를 연달아 낸다. 1899년 『각성』을 출간할 당시 쇼팽은 남편도 어머니도 없이 여섯 아이를 키우며 사회적으로도 문학적으로도 자기 자리를 구축한 성공적인 중년 여성이었다.

살롱을 직접 운영하기도 했던 쇼팽은 당대의 지적 흐름을 주의 깊게 관찰하며 글을 썼을 것이다. 이 시기는 여성과 남성의 성차와 기대되는 성 역할에 대한 인식이 과거와는 다르게 변화하는 시기였다. 토마스 라커는 1992년『섹스의 역사』에서 이를 두고 "하나의 성 모델one sex model"에서 "두 개의 성 모델two sex model"로 변화하였다고 표현한다. 하나의 성 모델, 곧 고대의 자연철학 전통에서 여성은 남성의 불완전한 버전이었다. 여성은 남성과 질적으로 다른 존재라기보다는 같은 종류지만 더 열등한 존재로 여겨졌다.

　　오늘날처럼 두 개의 성이 있다는 생각은 18세기 중엽 이후에서야 등장했다. 고대 자연철학이 대놓고 여성을 열등한 존재로 그렸다면 두 개의 성을 서로 다르게 보는 관점은 좀 더 교묘하게 차별적이었다. 이 관점은 여성과 남성이 도덕적, 신체적으로 동등한 존재가 아니라 서로를 보완하는 존재로 그린다. 이때 여성에게 주어진 보완의 역할이란 곧 출산과 육아다. 이러한 관점을 철학적으로 뒷받침한 인물이 프랑스의 철학자 장 자크 루소다. 루소는 쇼팽과 동시대 인물은 아니지만 성 역할에 관한 그의 생각은 쇼팽의 시대에까지 큰 영향을 미쳤다. 루소는『에밀』(1762)에서 남성은 가족 바깥의 공적 공간에서, 여성은 가족이라는 사적 공간에 머물러야 하며 여성의 주요한 책임이 가정과 양육에 있고 그것이 여성의 본성과 맞는 일이라고 주장했다. 이러한 관점은 자유민주주의 사상에 모순되지 않으면서도 남녀의 불평등을 당연한 것으로 만들고, 여성이 벗어나서는 안 되는 사회적 위치까지 지정했다. 여성이 머물러야 할 곳은 가정이라고.

1859년, 찰스 다윈의 『종의 기원』 역시 당대 사람들이 인간의 행동과 성 역할에 대해서 이해하는 바에 심오한 영향을 미쳤다. 특히 그는 1871년 『인간의 유래』에서 성 선택 sexual selection 개념을 소개하면서, 다양한 종에서 드러나는 암수의 차이가 재생산을 위한 성 선택의 결과라고 말했다. 다윈이 명시적으로 여성과 남성의 전통적인 성 역할을 지정한 것은 아니었지만, 다윈의 성 선택 이론은 성 역할에 관한 당대의 규범을 과학적으로 정당화하는 데에 쓰이곤 했다.

쇼팽은 이러한 시대적 분위기 속에서 자기실현을 위해 가정을 벗어나는 에드나 퐁틀리에라는 여성 인물을 만들어 냈다. 그것이 시대에 응전하는 쇼팽 자신의 방식이었을 것이다. 에드나는 "하고 싶은 대로 행동하고 느끼고 싶은 대로 느끼기 시작"한 여성이며, "어떤 순간에는 두 아들을 열정적으로 껴안다가도 이내 아이들의 존재를 까맣게 잊기도" 하는 변덕스러운 모성애를 지닌 어머니다. 이러한 에드나의 면모가 당대 독자들에게 충격을 주었던 것으로 보인다.

"하지만 난 왠지 내가 사악하다는 생각이 들지 않아요"

다시 한번, 자기 자신을 믿기 시작한 여성은 얼마나 위험하고 또 강인한가. 나는 『각성』을 두 입장에 번갈아 이입하며 읽었다. 하나는 에드나의 입장이고, 다른 하나는 에드나 자식으로서의 입장이다. 고백하자면 나는 딸로서 오랫동안 어머니의 각성을 두려워했다.

어린 시절, 아버지가 나보다 아버지 자신을 아끼고 사랑한다는 것은 자명했고, 이것은 나에게 어떠한 상처도 입히지 못했다. 그러나 엄마가 나보다 자신을 아끼고 사랑한다는 것, 언제든 자신의 영혼에 균열을 가하는 사건을 만나기만 한다면 혹은 그럴 마음을 먹기만 한다면 나를 떠날 수도 있다는 사실은 나에게 엄청난 불안과 우울을 남겼다. 아니, 이렇게 말하는 것이 더 정확하겠는데, 내가 가진 불안과 우울의 원인이 엄마답지 않은 엄마 때문이라고 생각하게 만들었다.

에드나가 각성한 나이 스물여덟 살, 같은 나이에 나는 엄마가 등장하는 악몽을 자주 꿨다. 살이 에이도록 추운 겨울 누군가 자꾸 가로막아서 집에 들어갈 수가 없다. 어렵게 문을 열고 들어가면 안방에 반쯤 언 엄마가 누워 있다. 나는 엄마의 몸을 녹이려고 애쓴다. 엄마의 몸은 동상을 입어 살이 상해 있다. 엄마 핸드폰으로 계속해서 전화가 온다. 내가 알지 못하는 남자다. 나는 엄마를 장롱 안에 가둔다. 그리고 전화를 받는다. 우리 엄마랑 만나지 마세요. 우리 엄마한테 연락하지 마세요. 전화벨 소리는 계속해서 울리고 나는 불안과 공포를 느끼며 엄마를 가둔 장롱 앞에서 서성인다.

"내가 이 가정에 당연히 있는 존재라고 생각하지 마. 꼭 그러지 않을 수도 있는거야. 그렇지 않은 엄마도 세상에 많아."라고 말하는 엄마가 나는 불안했다. 엄마가 이 가정을 답답한 감옥으로 느끼건 새장으로 느끼건 자기 자신이 되어 날아가지 않기를, 언제나 내 곁에 엄마로만 남아주기를 바랐다. 그리고 그 마음은 고스란히 부메랑처럼 내게 돌아와 나 자신으로 살기보다 누군가의 "좋은 여자" 혹은 "좋은 엄마"가 되어야 한다는 강박과 자기 검열로, 주어진 규범을 위반했을 때의 죄책감과 수치심으로 남았다.

자기 자신으로 사는 삶은 희열을 동반하기도 하지만 동시에 내가 사랑하는 타인은 물론 나 자신까지 상처입히기도 한다. 특히 이것이 아이와 연결될 때 여자들은 분열한다. 한 여성이 자신이 삶에서 겪은 진실을 세상에 전하는 데에 실패한다면, 많은 경우 그에게 경제적 혹은 사회적 자원이 부족해서라기보다는 그를 붙들어두게 하는 내면의 죄책감과 수치심 등 윤리적 책무 때문일 것이라고 나는 생각한다. 수전 손태그는 『앨리스, 깨어나지 않는 영혼』(1991)에서 다음과 같이 썼다.

셰익스피어에게 오빠만큼 글재주가 뛰어난 여동생이 있었다고 한번 가정해보자. 버지니아 울프는 자신의 기념비적인 페미니즘 소설『자기만의 방』에서 이런 상상을 했다. 셰익스피어 여동생에게 '유디트 셰익스피어'라는 이름을 붙여본 것이다. 이 상상 속 여성은 과연 오빠처럼 위대한 희곡을 쓸 수 있는 내면의 자율성을 가졌을까, 아니면 그러한 소질이 소리 없이 묻히고 말았을까? 현실적으로는 후자일 가능성이 더 큰 것이 사실이다. 그건 유디트가 용기를 내지 못했기 때문만은 아니었을 것이다. 여성들은 쉽게 규정지어지고, 대체로 자신의 한계를 스스로 정하기 때문이다. 육체적으로 매력적이면서 아버지와 남자 형제들, 그리고 남편에게 참을성 있고 나긋나긋하고 고분고분하며 예민하고 배려할 줄 아는 여성이어야 한다는 의무감은 이기심과 공격성, 자신에 대한 관심과 모순되는 것이므로 마찰을 일으키기 마련이다. 바로 이런 이기심과 공격성이야말로 위대한 창조성이 피어날 수 있는 필연적인 조건인데 말이다.

에드나의 영웅적인 면모는 바로 여기에 있다. 에드나는 이렇게 말하는 여자다. "내가 아는 모든 윤리적 규범에 비추어보면, 난 악마처럼 사악하기 그지없는 여자예요. 하지만 난 왠지 내가 사악하다는 생각이 들지 않아요." 나는 이 문장을 읽고 또 읽었다. 에드나는 외부세계와 불화할지언정 자기 내부에서는 불화를 겪지 않는다. 에드나는 두려움 없이 밀고 나간다. 에드나는 자기 안의 직관을 믿고 끝까지 뻗어나간다. 에드나는 자기 자신이 되는 일에 사과하지 않는다.

소설 『각성』은 120년이 지나 검은 머리 한국인인 내게 도착했다. 120년이 지나 내게 당도한 『각성』을 읽으며 한 여자의 글이 살아남아 후대에 전해지기까지 얼마나 많은 맥락이 얽히게 되는지를 새삼 실감한다. 쇼팽을 통해 당대에 옳다고 여겨지는 것 너머를 탐험할 용기를 배우고, 설령 받아들여지지 않는다 하더라도 먼 훗날 언젠가 누군가에게는 닿을 수도 있다는 믿음을 얻는다. 자신의 이야기를 미처 전하지 못한 여성들과, 전했으나 잊힌 수많은 다른 여성들을 떠올리며.

1

문밖에 걸려 있는 새장에서 푸르고 노란 깃털의 앵무새가 반복해서 소리쳤다.

"꺼져! 꺼져! 빌어먹을! 괜찮아!"

앵무새는 프랑스어를 비롯해 스페인어도 조금 할 줄 알았고, 문 안쪽 새장에 있는 흉내지빠귀 말고는 아무도 못 알아듣는 또 다른 언어도 할 줄 알았다. 흉내지빠귀는 피리의 선율을 닮은 특유의 휘파람 소리를 지칠 줄 모르고 바람결에 흘려보내고 있었다.

퐁틀리에 씨는 도무지 맘 편히 신문을 읽을 수가 없어서 넌더리를 내는 표정으로 탄식을 뱉고 자리에서 일어섰다. 그러고는 테라스로 나가서 르브룅 휴양 별장들을 잇는 좁은 '다리'를 건넜다. 원래 앉아 있던 자리는 본채의 문 앞이었고, 새들은 르브룅 부인의 소유였다. 새들에게 마음껏 울어댈 권

17

리가 있다면 퐁틀리에 씨에겐 그 소리가 듣기 싫을 때 자리를 뜰 권리가 있었다.

퐁틀리에 씨는 자신이 묵고 있는 별장의 문 앞에 멈춰 섰다. 그의 숙소는 본채에서 네 번째이자 끝에서 두 번째 집이었다. 문 앞에 놓인 고리버들 흔들의자에 앉아, 다시 신문을 읽기 시작했다. 오늘은 일요일이었고 신문은 어제 자였다. 오늘 자 신문은 아직 그랜드 아일에 도착하지 않았다. 경제면은 이미 다 훑었기 때문에 전날 뉴올리언스에서 출발하기 전에 미처 읽지 못했던 사설과 이런저런 기사들을 띄엄띄엄 읽었다.

퐁틀리에 씨는 안경을 쓰고 있었다. 40대인 그는 적당한 키에 마른 편이고 약간 꾸부정했다. 곧은 머리카락은 갈색이었으며 한쪽으로 가르마를 탔다. 턱수염은 깔끔하게 바짝 깎았다. 그는 때때로 신문에서 고개를 들어 주위를 둘러보았다. 별채 숙소들과 구분하기 위해 '본채'라고 부르는 주인집이 어느 때보다 시끄러웠다. 새들은 여전히 떠들며 휘파람을 불었고, 파리발 씨네 어린 쌍둥이 자매들이 〈장파Zampa〉(프랑스 작곡가 에롤의 오페라-옮긴이)의 피아노 이중주곡을 연주하고 있었다. 르브룅 부인은 분주하게 집을 드나들며, 안에 들어가기 전에는 정원에서 일하는 남자아이에게 목소리를 높여 일을 시켰고 밖으로 나오기 전에는 주방의 가사도우미에게 똑

같이 높은 목소리로 지시를 내렸다. 예쁘고 활기 넘치는 르브룅 부인은 늘 팔꿈치 길이의 소매가 달린 흰 드레스를 입는데 집을 드나드는 동안 풀을 먹인 스커트가 구겨졌다. 저 아래쪽 별장 앞에서는 검은 옷을 입은 여인이 점잔을 빼고 왔다 갔다 하며 묵주기도를 하고 있었다. 별장에 머무는 사람 대부분은 보들레 씨의 조그만 돛배를 타고 셰니에르카미나다섬(루이지애나주 그랜드 아일 서부에 있는 어촌 마을로 1893년 허리케인으로 완전히 파괴된 것으로 알려졌다–옮긴이)에 미사를 드리러 가고 없었다. 몇몇 아이들이 떡갈나무 아래서 크로켓을 치고 있었다. 작고 통통한 아이들 네댓 명 중 둘이 퐁틀리에 씨의 아이들이었다. 혼혈 보모는 생각에 잠긴 듯 초연한 표정으로 아이들을 쫓아다녔다.

퐁틀리에 씨는 마침내 담배에 불을 붙여 피우기 시작했다. 신문을 들고 있던 그의 손이 느슨해지고, 시선은 바다 쪽에서 느릿느릿 다가오는 흰 양산에 고정되었다. 노란 캐모마일 밭 뒤쪽에 늘어선 야윈 떡갈나무 사이로 흰 양산이 선명했다. 수평선의 푸른빛에 희미하게 녹아드는 멕시코만灣이 아득히 멀게 느껴졌다. 양산이 천천히 다가왔다. 분홍색 안감을 댄 양산 아래, 그의 아내 에드나 퐁틀리에와 젊은 청년 로베르가 있었다. 숙소 앞에 다다르자 두 사람은 피곤한 표정으로 각자 기둥에 기댄 채 테라스 계단 맨 위 칸에 마주 보고 앉았다.

"이렇게 햇볕이 따가운 시간에 생각 없이 물에 들어가다니!" 퐁틀리에 씨가 소리쳤다. 동이 틀 무렵 바다에 몸을 담근 그에겐 아침이 길었다.

"못 알아볼 정도로 새카맣게 탔군." 흠집 난 귀중품을 보듯 아내를 바라보며 그가 말했다. 에드나는 두 손을 들고 찬찬히 자신의 피부를 살펴보았다. 단단하고 맵시 있는 손이었다. 황갈색 옷소매를 손목 위로 걷어 올려 손을 보니 바닷가로 나가기 전에 남편에게 맡긴 반지가 생각났다. 말없이 남편에게 손을 내밀자, 남편은 조끼 주머니에서 반지를 꺼내 손바닥 위에 떨어뜨렸다. 에드나는 반지를 낀 뒤 무릎을 감싸 안고는 로베르를 바라보며 웃기 시작했다. 반지가 에드나의 손가락에서 반짝였다. 로베르는 에드나의 웃음에 미소로 답했다.

"뭐가 그렇게 재미있어?" 퐁틀리에 씨가 시큰둥해하면서도 궁금한 표정으로 두 사람을 번갈아 보며 물었다. 썰렁하기 짝이 없는 얘기였지만 두 사람은 바다에서 재미있는 일이 있었다고 동시에 설명했다. 막상 입 밖으로 꺼내니 재미는 절반으로 줄어드는 듯했다. 둘은 말하면서 그 사실을 깨달았고, 퐁틀리에 씨도 마찬가지였다. 퐁틀리에 씨가 하품을 하며 기지개를 켰다. 그러고는 자리에서 일어나, 클라인 호텔에 가서 당구나 한 게임 치고 올까 한다고 말했다.

"같이 가지, 로베르." 그가 로베르에게 제안했지만 로베르는 여기서 에드나와 대화를 더 나누고 싶다고 사뭇 솔직하게 대답했다.

"에드나, 혹시 이 친구가 따분해지거든 가서 일이나 하라고 돌려보내." 호텔에 갈 채비를 하며 퐁틀리에 씨가 아내에게 말했다.

"자, 이거 가져가." 에드나가 양산을 내밀며 말했다. 그는 양산을 받아서 펴 들더니 계단을 내려가 멀어졌다.

"저녁 시간엔 올 거야?" 에드나가 그에게 소리쳤다. 그는 잠시 멈춰 서서 어깨를 으쓱했다. 조끼 주머니를 확인해 보니 10달러짜리 지폐가 있었다. 어떻게 될지 그도 알 수 없었다. 이른 저녁을 먹으러 돌아올 수도 있고, 돌아오지 않을 수도 있었다. 클라인 호텔에서 누굴 만나느냐에 따라 다르고, 게임의 규모에 따라 다를 것이었다. 말하지 않아도 이를 알고 있는 아내는 웃으며 그에게 손을 흔들어주었다.

아빠가 나가는 모습을 보고 두 아이도 따라가겠다고 나섰다. 퐁틀리에 씨는 그런 아이들에게 입 맞추며 봉봉캔디(견과류, 버찌 등이 든 씹어 먹는 사탕−옮긴이)와 땅콩을 사다주겠다고 약속했다.

2

에드나의 눈은 총기로 빛났다. 눈동자는 머리카락 색과 비슷한, 노란색을 머금은 갈색이었다. 시선은 기민하게 대상을 포착했고 사색이나 명상의 미로에서 길을 잃은 듯 한참씩 대상에 머무르곤 했다. 머리카락보다 조금 더 어둡고 직선에 가까운 두툼한 눈썹은 눈동자에 깊이를 더했다. 아름답다기보다는 잘생긴 여자였다. 꾸밈없는 표정과 제각기 움직이는 섬세한 이목구비 때문에 얼굴이 더 매력적으로 느껴졌으며, 얼굴이었고 매너도 호감을 주었다.

로베르가 담배를 말았다. 그는 시가를 피울 형편이 되지 않아서 담배를 피운다고 했다. 퐁틀리에 씨가 선물한 시가가 주머니 속에 한 개비 있는데 저녁 식사 후에 피우려고 아끼고 있다고. 그의 처지를 생각하면 너무도 당연한 일이었다.

그을린 피부색으로 말하자면, 로베르도 곁에 있는 에드

나와 크게 다르지 않았다. 수염을 깨끗이 깎은 덕분에 두 사람은 더욱 닮아 보였다. 로베르의 얼굴은 근심 걱정으로 그늘질 일 따위는 없을 것처럼 천진했다. 두 눈은 햇빛과 여름날의 나른함을 그대로 투영했다.

에드나가 계단 위에 놓인 종려나무잎 부채로 부채질을 하기 시작했고 로베르는 담배를 입에 물고 뻐끔뻐끔 연기를 뿜었다. 두 사람은 쉴 새 없이 얘기했다. 주위에서 일어나는 모든 일에 대해 얘기했고, 바다에서 있었다던 그 재미난 일에 대해 얘기했다. 그러자 어떻게 된 영문인지 그 일은 다시 재미있어졌다. 두 사람은 바람에 대해서도, 나무에 대해서도 얘기했다. 그리고 세니에르카미나다에 간 사람들에 대해, 떡갈나무 아래서 크로켓을 치는 아이들에 대해, 막 〈시인과 농부Dichter und Bauer〉(오스트리아 작곡가 프란츠 폰 주페가 1864년도에 작곡한 오페레타-옮긴이) 서곡을 연주하기 시작한 파리발 쌍둥이에 대해 얘기했다. 로베르는 자기 얘기를 많이 했다. 아직 어리고 철이 없어서였다. 에드나도 자기 얘기를 좀 했는데, 같은 이유 때문이었다. 두 사람 모두 서로에 관한 얘기에 흥미를 느꼈다. 로베르는 가을에 멕시코에 갈 거라면서, 거기 가면 큰돈을 벌 수 있을 거라고 했다. 늘 멕시코에 가고 싶었지만 어쩌다 보니 한번도 가지 못했다고. 로베르는 지금 뉴올리언스의 무역회사에 그럭저럭 괜찮은 일자리를 갖고 있었다. 영어와 프랑스어, 스페인어에 두루 능통했기 때문에 사무원이 자 통신원으로서의 그의 역할은 결코 작지 않았다.

로베르는 늘 그랬던 것처럼 어머니와 함께 이곳 그랜드 아일에서 여름휴가를 보내고 있었다. 그가 기억조차 할 수 없는 먼 옛날에도 그랜드 아일의 '본채'는 항상 르브룅 가족의 여름철 호사였다. '본채' 양쪽으로 들어선 열두 채 남짓한 별채 숙소들은 늘 **'프렌치 쿼터'**(18세기 초 프랑스인들이 건설한 뉴올리언스의 거리-옮긴이) 출신의 귀빈들로 꽉 찼다. 덕분에 르브룅 부인은 마치 타고난 권리인 듯 편안하고 안락한 삶을 누릴 수 있었다.

에드나는 미시시피주에 있는 아버지의 농장과 켄터키주 블루그래스에서 보낸 어린 시절에 대해 얘기했다. 에드나는 프랑스인의 혈통이 약간 섞인 미국인이었지만 점점 옅어지던 프랑스인의 피는 어느 순간 그에게서 완전히 사라진 것 같았다. 여동생 재닛한테서 온 편지를 로베르에게 읽어주기도 했다. 멀리 동부에 사는 여동생은 결혼을 앞두고 있었다. 로베르는 그들 자매가 어떤 아이들이었는지, 아버지는 또 어떤 사람이었는지, 어머니가 돌아가신 지는 얼마나 되었는지 궁금해했다.

에드나가 편지를 접었을 때는 어느덧 이른 저녁 식사를 위해 옷을 갈아입을 시간이었다.

"그이는 안 오려나 봐요." 남편이 사라진 방향을 흘긋 쳐다보며 에드나가 말했다. 로베르가 생각하기에도 그랬다. 클라인 호텔에는 뉴올리언스 클럽 사람들이 많았다.

에드나가 로베르를 홀로 남겨두고 안으로 들어가자 로베르는 계단을 내려가 크로켓을 치는 퐁틀리에의 아이들과 식사 전 30분 동안 시간을 보냈다. 아이들은 그를 무척 좋아했다.

3

퐁틀리에 씨가 클라인 호텔에서 돌아온 건 밤 열한 시였다. 그는 기분이 무척 좋아 한껏 들떠 수다스러웠다. 그가 들어오는 소리에 곤히 잠들어 있던 에드나는 잠에서 깼다. 그는 옷을 벗으며 오늘 하루 있었던 일들, 오늘 들은 소식들과 소문들에 대해 아내에게 얘기했고, 바지 주머니에서 구겨진 지폐 한 움큼과 꽤 많은 은화들을 꺼내 열쇠, 나이프, 손수건, 온갖 잡동사니 들과 함께 화장대 위에 아무렇게나 던져놓았다. 에드나는 잠에 취한 상태라 남편의 말에 건성으로 답했다. 삶의 유일한 낙인 아내가 자신의 일에 별 관심이 없고 대화에 심드렁하자 그는 무척 낙담했다.

두 아들에게 줄 봉봉캔디와 땅콩을 사온다는 걸 깜박하고 말았지만, 아이들을 너무도 사랑하는 그는 아이들이 잠든 옆방으로 가서 편안히 잘 자는지 확인했다. 아이들이 자는 모습은 못마땅하기 짝이 없었다. 그는 아이들을 침대 위에서 이리저리 움직여 똑바로 눕혔다. 한 아이가 잠결에 발길질을 하더니 게가 잔뜩 들어 있는 바구니에 대해 떠들기 시작했다.

그는 아내가 있는 방으로 돌아와 라울이 열이 높으니 가서 봐주어야 할 것 같다고 말했다. 그러고는 시가에 불을 붙이고서 미리 열어놓은 방문 가까이에 앉았다. 에드나는 그럴리가 없다고 했다. 잠자리에 들 때만 해도 아무 이상이 없었고 종일 아픈 기색이라곤 전혀 없었다고. 그러나 퐁틀리에 씨는 열이 나는 증상에 대해 너무도 잘 알고 있었다. 그는 바로 옆방에서 아이가 끙끙 앓고 있다고 장담했고, 항상 아이들에게 무관심하고 방치한다며 아내를 나무랐다. 아이들을 돌보는 것이 어머니의 역할이 아니라면 누구의 역할이란 말인가? 자신은 중개업만으로도 정신이 없었다. 동시에 두 곳에 있을 수는 없지 않은가. 밖에 나가 가족들을 위해 돈을 벌면서 집에서 가족들이 별 탈 없이 잘 지내는지까지 살필 수는 없었다. 그는 넌더리가 날 정도로 잔소리를 길게 늘어놓았다.

에드나는 침대에서 벌떡 일어나 옆방으로 갔다. 그리고 곧바로 돌아와 침대 가장자리에 앉았다가 그대로 옆으로 쓰러져 베개에 머리를 뉘였다. 아무 말도 하지 않았고 남편의 질문에도 대꾸하지 않았다. 시가를 다 피운 퐁틀리에 씨도 침대에 누웠다. 그는 금세 잠이 들었다.

잠이 다 달아난 에드나는 훌쩍이며 울다가 **잠옷** 소매로 눈물을 닦았다. 그러고는 남편이 타들어가게 내버려 둔 촛불을 훅 불어 끈 뒤 침대 밑에 놓여 있던 새틴 **슬리퍼**를 신고 테라스로 나갔다. 버들가지 흔들의자에 앉아 의자를 앞뒤로 가만히 흔들었다.

자정이 지났다. 별장은 전부 어두웠다. 본채 복도에서 흐릿한 한 줄기 불빛만이 새어나왔다. 떡갈나무 꼭대기에서 늙은 부엉이가 비웃는 듯한 소리와 잠시도 멈출 줄 모르는 파도 소리 외에는 아무 소리도 들리지 않았다. 이 시간에는 파도 소리도 유쾌하지 않았다. 부서지는 그 소리가 마치 한밤중에 울려 퍼지는 애처로운 자장가처럼 들렸다.

눈물이 걷잡을 수 없이 차오른 탓에 어느새 **잠옷** 소매는 축축해졌고 더 이상 닦아낼 수도 없었다. 에드나는 한쪽 팔을 들어 흔들의자 등받이 부분을 잡았다. 그 바람에 헐렁한 소매가 어깨까지 흘러내렸다. 눈물 젖은 얼굴을 자기 팔에 파묻고는 그대로 조금 더 울었다. 얼굴과 눈, 팔에 묻은 눈물을 닦으려 더는 애쓰지 않았다. 왜 우는지 자신도 대답할 수 없었다. 결혼 생활을 하면서 방금 같은 일은 드물지 않게 겪었다. 그러나 이렇게 심각하게 느껴진 적은 없었다. 에드나는 남편이 자상하고 헌신적이라는 걸 너무나 잘 알고 있었고, 그에 비하면 이런 것들은 사소한 일이라고 생각했다.

의식의 낯선 영역에서 생성된 것 같은 설명할 수 없는 압박감이 에드나의 온몸을 막연한 분노로 채웠다. 그것은 마치 영혼의 여름날을 스쳐 지나가는 그림자, 혹은 안개와도 같았다. 처음 느껴보는 이상한 기분이었다. 남편을 원망하지도 않았고, 자신을 여기까지 이끌고 온 운명의 여신을 탓하지도 않았다. 그저 혼자 실컷 울고 싶을 뿐이었다. 모기들은 신이 나서 단단하고 둥근 에드나의 팔과 맨살이 드러난 발등을 물어댔다. 우울한 기분에 빠져 어쩌면 그 밤의 절반을 거기서 머무를 수도 있었으나 윙윙거리며 무는 이 조그만 도깨비들 덕분에 그나마 떨쳐내고 일어설 수 있었다.

　다음 날 아침 퐁틀리에 씨는 여유 있게 일어났다. 부두의 증기선까지 자신을 태워다줄 마차 시간에 늦지 않기 위해서였다. 그는 일 때문에 뉴올리언스에 돌아가봐야 했고, 토요일 아침 그랜드 아일로 다시 올 때까지 아내와 떨어져 지내야 했다. 전날 밤 잃었던 평정을 되찾은 그는 카롱들레 스트리트에서 활기찬 한 주를 보낼 생각에 들떠 빨리 도시로 가고 싶었다.

　퐁틀리에 씨는 전날 밤 클라인 호텔에서 딴 돈의 절반을 아내에게 주었다. 모두가 그렇듯 그의 아내도 돈을 좋아했고, 무척 기뻐하며 그 돈을 받았다.

　"재닛한테 줄 근사한 선물을 살 수 있겠네!"지폐를 한 장씩 세어 반듯하게 펴며 에드나가 말했다.

"여보, 처제한텐 더 좋은 선물을 해야지!" 아내와 작별 인사할 채비를 하며 그가 웃었다.

두 아들은 아빠의 다리를 붙잡고 매달리고 뒹굴며 온갖 것들을 사 오라고 졸랐다. 그는 이곳에서 워낙 인기가 많아 남녀노소, 심지어 보모들까지 전부 그를 배웅하러 나왔다. 아내는 미소를 지으며 손을 흔들었고, 어린 두 아들은 모랫길을 달리는 사륜마차가 사라질 때까지 소리질렀다.

그로부터 며칠 뒤 뉴올리언스에서 퐁틀리에 부인 앞으로 소포 하나가 도착했다. 남편이 보낸 소포였다. 상자 가득 달콤하고 맛있는 간식거리가 들어 있었다. 최상급 과일과 미트파이에 희귀한 술도 두어 병 있었고 먹음직한 시럽과 봉봉캔디도 넉넉하게 들어 있었다.

남편이 집을 떠나 있을 때 그런 선물을 받는 건 익숙한 일이었고 에드나는 항상 사람들에게 후하게 나누어 주었다. 미트파이와 과일은 식당으로 보내고 봉봉캔디는 모두에게 돌렸다. 여자들은 신중하면서도 조금은 탐욕스럽게 과자를 고르며 퐁틀리에 씨야말로 최고의 남편이라고 입을 모았다. 이보다 더 좋은 남편은 본 적이 없다고 에드나도 인정할 수밖에 없었다.

4

퐁틀리에 씨는 자신에게는 물론, 그 누구에게도 아내가 왜 아이들을 제대로 돌보지 못하는지 속 시원하게 설명할 수가 없었다. 인지하기보다는 느끼는 것이었고, 그 느낌을 말로 표현하고 나면 매번 후회하게 되고 속죄하게 되었다.

두 아들은 놀다가 넘어져도 엄마 품으로 달려가 울지 않았다. 혼자 일어나 눈물을 쓱 닦고 입안의 모래를 털어낸 뒤 다시 놀았다. 아직 어린데도 동네 아이들과 싸울 때면 두 주먹을 불끈 쥐고 목소리를 높이며 버텼고, 그러다 보니 다른 집 마마보이들을 너끈히 제압했다. 보모를 두는 것도 쓸데없는 돈 낭비처럼 느껴졌다. 보모가 하는 일이라고는 아이들의 바지와 내복 단추를 채우거나, 머리를 빗기고 가르마를 타는 것 정도였기 때문이었다. 머리를 빗어 넘겨 가르마를 타는 것은 아이들 사회에서 일종의 불문율처럼 당연히 여겨졌다.

한마디로 에드나는 모성애가 강한 여자가 아니었다. 그해 여름 그랜드 아일에는 모성애가 강한 여자들이 단연 우세했다. 현실의 위험이건 가상의 위험이건, 자신이 대신 다치는 한이 있더라도 행여나 아이들이 다칠세라 수호천사가 된 듯 날개를 활짝 펴고 호들갑을 떠는 여자들을 어디서나 쉽게 만날 수 있었다. 그런 여자는 자기 아이들을 우상처럼 떠받들었고, 남편을 숭배했으며, 인간으로서의 자신은 지우고 그저 수호천사가 되어 날개를 펼치는 것을 신성한 특권으로 여겼다.

여자들 대부분은 그 역할을 즐겼는데, 그중에서도 유독 우아한 매력의 화신이라 여겨지는 여자가 있었다. 그 여자를 사랑하지 않는 남편은 짐승이나 마찬가지라 천천히 고문에 시달리다 죽어도 싸다고 생각될 정도였다. 그 여자의 이름은 아델 라티뇰이었다. 로맨스 주인공이나, 누구나 꿈꾸는 아름다운 여성상을 묘사할 때 쓰는 낡은 표현이 아니고서는 아델을 설명할 길이 없었다. 아델의 매력은 미묘하지도 숨겨져 있지도 않았다. 보란 듯 선명하게 활활 타오르는 아름다움이었다. 황금 실타래 같은 머리카락은 빗질과 머리핀으로 가둬지지 않았고, 파란 눈동자는 사파이어 그 자체였다. 탐스러운 입술은 또 얼마나 붉은지, 그 입술을 바라보고 있자면 체리처럼 빨갛고 달콤한 과일을 떠올리지 않을 수 없었다. 살짝 통통해지고 있긴 해도 아델이 내딛는 모든 발걸음, 자세나 몸짓의 우아함은 조금도 줄지 않는 것 같았다. 누구도 그 흰 목이 조금 더 얇으면, 그 팔이 조금 더 가늘면 좋겠다고 생각하지 않았다. 손도 그보다 더 정교할 수는 없었다. 바늘구멍에 실을 넣을 때, 혹은 조그만 잠옷이나 드레스 상의, 턱받이 따위를 꿰매려고 가느다란 가운뎃손가락에 황금 골무를 끼울 때, 그 손을 바라보는 것은 참으로 기분 좋은 일이었다.

아델은 에드나를 무척 좋아해서 오후가 되면 바느질감을 들고 나와 곁에 앉곤 했다. 뉴올리언스에서 소포가 도착한 날에도 두 사람은 그렇게 앉아 있었다. 아델은 흔들의자를 차지하고 앉아 부지런히 조그만 잠옷을 꿰매는 중이었다.

아델이 에드나를 위해 잠옷 도안을 들고 나왔다. 마치 에스키모처럼, 아이의 몸을 완벽하게 감싸고 두 눈만 내놓을 수 있도록 고안된 정교한 도안이었다. 굴뚝을 타고 얄궂은 찬바람이 들어오거나 열쇠 구멍으로 지독한 냉기가 스멀스멀 비집고 들어오는 한겨울에 입히기 그만이었다.

그러나 에드나는 지금 당장 아이들에게 필요한 것들을 챙기면 그걸로 충분하다고 생각했다. 겨울에 입힐 옷을 미리 생각하고 만드는 것이 여름날의 대화 주제가 되어야 할 필요가 있나 싶었다. 그러나 퉁명스럽고 무심한 여자로 보이고 싶진 않아 테라스 바닥에 신문지를 펼쳐놓고 아델이 시키는 대로 철통같은 도안을 대고 신문지를 잘랐다.

로베르는 지난주 일요일에 그랬던 것처럼 그들과 함께 앉아 있었고, 에드나도 전에 앉았던 그 계단 맨 위 자리에 앉아 무심히 기둥에 기대어 있었다. 그는 곁에 놓인 봉봉캔디 한 상자를 틈틈이 아델에게 내밀었다.

아델은 무얼 고를지 고민하다가 결국 누가nougat사탕을 고르고는 너무 느끼하거나 몸에 해롭지는 않을지 걱정했다. 아델은 올해가 결혼 7년째였다. 거의 2년마다 임신을 하다 보니 벌써 아이가 셋이었고 넷째를 가질지 고민 중이었다. 아델은 늘 자신의 '몸 상태'에 대해 얘기했는데, 그 '몸 상태'란 결코 확연히 드러나는 것이 아니었기 때문에 꾸준히 대화의 주제로 삼지 않으면 아무도 알아차리지 못하는 것이었다.

로베르가 자기가 아는 어떤 여자는 임신 기간 내내 누가를 먹었다며 아델을 안심시켰지만 에드나의 얼굴이 붉게 달아오르는 것을 보고 곧바로 화제를 바꾸었다.

비록 크리올(미국 남부에 정착한 프랑스계 이민자와 흑인 사이에서 태어난 혼혈아 또는 혼혈 문화. 이 책에서는 18세기 미국에 정착한 스페인 혹은 프랑스계 정착민 후손의 의미로 쓰였다-옮긴이) 사람과 결혼을 하긴 했지만 에드나는 아직 그들 문화에 완벽하게 동화되지는 못했다. 크리올 사람들과 가까이 지낼 기회가 그간 없기도 했다. 그런데 이번 여름 르브룅의 휴양 별장에는 온통 크리올 사람들

뿐이었다. 그들은 마치 대가족처럼 모두가 서로를 알았고 관계가 돈독했다. 유독 인상적이라고 느낀 크리올 사람들의 특징이 있다면 전혀 고상한 체하지 않는다는 점이었다. 그들의 스스럼없는 표현이 처음에는 이해하기 힘들었지만, 크리올 여자들의 타고난 듯한 고결함을 생각하면 이해하기 어려운 것도 아니었다.

아델이 늙은 파리발 씨에게 자신의 **분만** 과정을 적나라하게 묘사하는 것을 들었을 때의 그 충격을 에드나는 결코 잊을 수 없었다. 그런 충격도 이제 어느 정도 익숙해졌지만, 순간 얼굴이 창백해지는 것은 어쩔 수 없었다. 결혼한 여자들을 모아놓고 로베르가 실없는 소리를 하다가 에드나가 나타나는 바람에 얘기가 중단된 경우도 몇 차례 있었다.

한번은 별장에서 책 한 권을 사람들끼리 돌려본 적이 있었는데, 자기 차례가 되었을 때 에드나는 놀라움을 금치 못했다. 남몰래 혼자 읽어야 할 것 같고, 발소리라도 들리면 얼른 감춰야 할 것 같은 책이었는데 아무도 그러지 않았다. 사람들은 식탁에 둘러앉아 그 책에 대해 스스럼없이 얘기하고 자유롭게 토론했다. 에드나는 기가 차서 말이 나오지 않았고, 세상에 별일이 다 있다고 생각했다.

5

그해 여름, 오후가 되면 마음 맞는 사람들이 그렇게 모여 앉아 이야기를 나누었다. 아델 라티뇰은 바느질을 하다가 멈추고 손짓을 해가며 사건이나 이야기를 상세히 설명하곤 했다. 로베르와 에드나는 편안하게 앉아, 그들의 친밀감이나 **동지애**가 한 단계 높아졌음을 보여주는 말이나 눈빛, 미소를 주고받았다.

지난 한 달 내내 로베르는 에드나를 그림자처럼 쫓아다녔지만 그 점을 특별하게 생각하는 사람은 없었다. 로베르가 이곳에 왔을 때 이미 많은 사람들이 그가 에드나를 쫓아다닐 거라고 예상했다. 그가 열다섯 살이 되던 해, 그러니까 11년 전부터 로베르는 매년 그랜드 아일에서 여름을 보내며 기혼이나 미혼의 아름다운 여인들을 헌신적으로 보필했다. 그 대상이 젊은 여자일 때도 있고 과부일 때도 있었지만 흥미로운 기혼 여성인 경우도 많았다.

　로베르는 연이어 두 해 여름을 뒤비뉴 양의 햇살 속에서 살았다. 그런데 뒤비뉴 양은 이듬해 여름이 오기 전에 세상을 떠나고 말았고, 로베르는 슬픔을 가누지 못한 채 아델의 발치에 자신을 내던지며 동정과 연민을 갈구했다.

　에드나는 마치 완전무결한 성모마리아를 우러러 보듯 자신의 아름다운 친구 아델을 기분 좋게 바라봤다.

　"저 아름다운 외모 속에 그런 잔인함이 숨겨져 있을 거라고 누가 상상이나 하겠어요?" 로베르가 에드나에게 중얼거렸다. "내가 자길 사랑했다는 걸 알면서 그렇게 하도록 내버려 두었다니까요. '로베르, 이리 와요. 이제 그만 가요. 일어나요. 앉아요. 이것 좀 해줘요. 저것 좀 해줘요. 아기가 잠들었는지 봐줘요. 골무 좀 찾아줄래요? 어디 됐는지 도무지 모르겠네요. 이리 와서 내가 바느질하는 동안 알퐁스 도데 책을 읽어줘요.'"

　"어떻게 된 거냐면, 사실 부탁할 필요도 없었어요. 로베르가 항상 내 발치에 앉아 있었거든요. 마치 천덕꾸러기 고양이처럼."

　"사랑스러운 강아지겠죠. 그러다가 라티뇰 씨가 나타나는 순간, 난 진짜 강아지 신세가 되어버렸어요. **'가! 가라고! 어서 저리 가버려!'**"

"그야 남편이 질투할까 봐 그랬죠!" 천진난만한 표정을 지어 보이며 아델이 말했다. 그 말에 모두가 웃었다. 왼손을 질투하는 오른손이라니! 영혼을 질투하는 심장이라니! 그러나 크리올 사람인 아델의 남편 라티뇰 씨는 결코 질투하는 법이 없었다. 오랫동안 쓰이지 않은 파괴적인 열정은 그에게서 퇴화한 것 같았다.

로베르는 에드나를 쳐다보면서 아델을 향한 자신의 열정적인 사랑에 대해 계속 얘기했다. 잠 못 이루었던 밤들에 대해, 바다에 뛰어들면 물이 지글거릴 정도로 끓어올랐던 강렬한 불꽃에 대해. 바느질을 하던 아델은 경멸조의 말을 연거푸 내뱉었다.

"짓궂은 장난꾸러기! 저리 가요!"

에드나와 단둘이 있을 때 로베르는 이런 식의 진지하면서도 우스꽝스러운 말투를 쓰지 않았다. 그래서 에드나는 그의 말들을 어떻게 받아들여야 할지 알 수 없었다. 어디까지가 장난이고 어디까지가 진심인지 종잡을 수 없었다. 자기 말을 진지하게 받아들이는 사람이 없다는 걸 알기에 로베르가 일부러 아델에게 대놓고 고백하는 거라고 사람들은 생각했다. 에드나는 그 고백의 대상이 자신이 아니어서 다행이라고 생각했다. 자신이라면 그런 행동을 용납할 수 없었을 것이다.

취미 삼아 그림을 그리곤 하는 에드나는 그날도 그림 도구를 들고 나왔다. 에드나는 그림 그리기를 좋아했다. 그림을 그릴 때면 어디에서도 느끼지 못했던 만족감을 느꼈다.

에드나는 오래전부터 아델을 그려보고 싶었다. 관능적인 성모마리아처럼 앉아 있는 이 순간 아델의 모습이야말로 어느 때보다도 완벽한 모델의 자태였다. 저물어가는 태양이, 너무도 매혹적인 아델의 모습을 찬란한 광채로 물들였다.

로베르가 그림을 구경하려는 듯 건너와 에드나가 앉아 있는 계단 아래 칸에 자리를 잡고 앉았다. 에드나는 습득한 노련함이라기보다는 타고난 자유분방함으로 붓을 놀렸다. 로베르가 그림을 유심히 바라보다가 아델을 향해 프랑스어로 감탄을 내뱉었다.

"나쁘지 않은데요! 제법이에요, 실력 있어요!"

로베르는 그림에 집중하다가 무심결에 에드나의 팔에 머리를 기대었다. 에드나는 조심스럽게 그를 밀어냈다. 로베르는 불쾌한 그 행동을 한 번 더 했다. 분명 아무 생각 없이 한 행동이었겠지만 그렇다고 해서 그걸 받아줄 이유는 없었다. 에드나는 따져 묻지는 않되 조용히, 그러나 단호하게 그를 밀어냈다. 로베르는 사과하지 않았다.

완성된 그림은 아델과 하나도 닮은 구석이 없었다. 그림이 자신과 그다지 비슷하지 않아서 아델은 무척 실망했지만 그 나름대로 괜찮은 작품이었고 여러 면에서 만족스러웠다.

그러나 에드나는 자신의 그림이 전혀 만족스럽지 않아 찬찬히 살펴보다가 붓으로 휙 긋고는 구겨버렸다.

아이들이 계단을 뛰어 올라왔고 보모가 적당한 거리를 두고 뒤따라 왔다. 에드나는 아이들에게 그림 도구를 가지고 들어가라고 했다. 집 안에서 아이들과 얘기도 하고 장난도 치고 싶었는데 아이들은 온통 다른 데 정신이 팔려 있었다. 과자 상자에 뭐가 있는지 보려는 것이었다. 아이들은 양손 가득 채우겠다는 심산으로 손을 오므려 앞으로 내밀었고 엄마가 골라준 것들을 군소리 없이 받아서는 도로 밖으로 나갔다.

태양은 서쪽 하늘에 낮게 걸려 있었고, 남쪽에서 불어오는 바람은 매혹적인 바다의 향기를 품어 보드라우면서도 나른했다. 근사한 옷으로 갈아입은 뒤 다시 게임을 하려고 떡갈나무 아래 모인 아이들의 목소리는 찌르듯 날카로웠다.

아델은 바느질감을 접고 골무와 가위를 제자리에 넣은 다음, 실을 깔끔하게 감아 핀으로 고정했다. 현기증이 난다는 아델의 말에 에드나가 얼른 화장수와 부채를 가져와 얼굴을 닦아주었고, 로베르는 야단스럽게 부채질을 했다.

머지않아 현기증이 잦아들자 에드나는 아델의 현기증이 혹시 상상의 산물은 아닌지 의심이 들었다. 안색이 전혀 창

40

백해지지 않았기 때문이다.

여왕의 기품과 위엄을 지닌 채 걸어가는 아름다운 아델의 모습을 에드나는 가만히 서서 지켜보았다. 아이들이 달려나와 엄마를 반겼다. 두 아이가 아델의 흰 치맛자락에 매달렸고, 아델은 보모의 품에서 셋째 아이를 받아 안으며 온갖 애정표현을 했다. 의사가 핀 하나도 들지 말라고 그렇게 경고했는데도!

"바다에 들어갈래요?" 로베르가 에드나에게 물었다. 질문이 아닌, 두 사람의 약속을 상기시키는 말이었다.

"아, 아뇨." 에드나는 약간 모호한 말투로 대답했다. "피곤하네요." 에드나의 시선이 로베르에서 바다로 옮겨 갔다. 멕시코만의 잔잔한 속삭임이 외면할 수 없는 다정한 애원처럼 들렸다.

"에이, 그러지 말고 가요!" 로베르가 졸랐다. "바다를 안들어가다니요. 어서 가요. 아주 짜릿할걸요. 나쁠 거 없잖아요. 자, 어서 가요."

로베르가 문 옆의 고리에 걸려 있던 커다란 밀짚모자를 에드나의 머리에 씌웠다. 두 사람은 함께 계단을 내려가 바닷가로 걸었다. 태양이 서쪽 하늘에 낮게 걸려 있었고 바람은 여리고 따스했다.

6

로베르와 바닷가에 가고 싶으면서 왜 처음엔 그의 제안을 거절했고, 또 어째서 결국 모순되는 감정의 한쪽에 이끌리게 되었는지 에드나는 그 이유를 설명할 수가 없었다.

그때 내면에서 한 줄기 빛이 밝아오기 시작했다. 길을 보여주는 빛이자 길을 가로막는 빛. 처음엔 그저 당혹스러울 뿐이었다. 그런 생각 때문에 에드나는 꿈을 꾸고 사색에 잠겼으며 한밤중에 눈물을 쏟으며 은밀한 분노에 휩싸이기도 했다.

그러니까 에드나는 이 세상에서 한 인간으로서 자신의 위치를 깨닫고 자신의 내부세계와 외부세계의 관계를 인식하기 시작한 것이다. 스물여덟 살 젊은 여성에게 그 깨달음은 영혼을 짓누르는 무게로 다가왔다. 어쩌면 성령이 여느 여성들에게 주는 깨달음보다 더 큰 깨달음이었을지 모른다.

그러나 시작이라는 것은, 더구나 그것이 한 세계의 시작이라면 어쩔 수 없이 모호하고 뒤엉켜 혼란스러우며 극도로 불안할 수밖에 없었다. 그런 시작을 견뎌낼 사람이 우리 중 몇이나 있겠는가! 그 혼란 속에서 얼마나 많은 영혼이 소멸되겠는가!

　　바다의 소리는 유혹적이다. 결코 멈출 줄 모르는 채 속삭이고 떠들고, 웅얼거리며 심해의 고독에 몸을 맡겨보라고, 우리 안에 내재된 사색의 미로에 빠져보라고 손짓한다.

　　바다의 소리는 영혼에 말을 건다. 바다는 관능적인 손길로 육체를 포근하게 감싼다.

7

에드나는 쉽게 마음을 터놓는 성격이 아니었다. 마음을 터놓는 것이 그동안은 성격에 맞지 않았다. 심지어 어릴 때도 자기만의 세계에 머물며 그만의 조그만 삶을 살았다. 에드나는 일찌감치 삶의 이중성을 이해했다. 순응하는 외적인 삶과, 회의를 품은 내면의 삶이 공존하는 이중성을.

늘 에드나를 감싸고 있던 보호막은 그해 여름 그랜드 아일에서 조금 느슨해졌다. 그렇게 되기까지 모호하거나 명백한 여러 요인들이 다양한 방식으로 작용했을 것이다. 그러나 가장 명백한 이유는 아델이었다. 처음에 에드나는 이 크리올 여인의 엄청난 육체적 매력에 빠져들었다. 에드나는 아름다움에 유독 민감한 사람이었다. 그는 어느 순간, 아델의 온몸에서 배어나오는, 누구나 알 수 있는 그 솔직함에 이끌렸다. 습관적으로 감정 표현을 자제하는 자신과는 극명한 대조를 이루는 모습이었다. 그것이 하나의 빌미가 된 걸까? 그러나 우리가 공감이라 부르는, 어쩌면 사랑이라고 부를 수도 있는 감정이 일어날 때 신이 어떤 재료를 사용하는지 누가 알겠는가?

어느 날 아침 두 여인이 팔짱을 낀 채 커다란 양산을 쓰고 바닷가 쪽으로 걷고 있었다. 에드나는 아이들을 두고 가자고 아델을 설득하는 데는 성공했지만, 아델이 조그만 바느질감을 주머니에 넣으며 가져가게 해달라고 애원하는 바람에 그것마저 두고 오게 하진 못했다. 어쩌다 보니 그들은 로베르를 따돌리게 되었다.

바닷가로 걸어 나가는 길은 모랫길이라 걷기가 쉽지 않았다. 제멋대로 뒤엉켜 자란 잡초들이 길 안쪽까지 밀고 들어오기도 했다. 양쪽으로 노란 캐모마일 밭이 넓게 펼쳐져 있었다. 조금 더 가면 채소밭이 많았고, 오렌지 나무와 레몬 나무가 있는 조그만 농장들도 꽤 보였다. 무리 지어 선 짙은 초록색 나무들이 저 멀리 햇살 속에서 반짝였다.

두 사람 다 키가 꽤 큰 편이었지만 아델의 체형이 조금 더 우아하면서도 펑퍼짐했다. 에드나의 몸매도 은근히 매력적이었다. 몸의 선이 길고 단아했으며 균형이 잘 잡혀 이따금 근사한 포즈를 만들어내곤 했다. 사회의 기준에 자신을 맞추기 위해 일부러 가꾼 느낌은 전혀 없었다. 지나가던 사람이 다시 쳐다볼 정도는 아니었지만, 감수성과 안목을 지닌 사람이라면 에드나의 외모에서 풍기는 고상한 아름다움과 몸가짐이나 움직임에서 배어나는 기품을 알아보았다.

그날 아침 에드나는 리넨 칼라가 달려 갈색 물결이 수직으로 흐르는 듯한 시원한 모슬린 옷을 입고 문밖 고리에 걸려 있던 밀짚모자를 아무렇게나 눌러썼다. 약간 곱슬기가 있는 황갈색 머리카락이 무겁게 머리에 달라붙었다.

아델은 얼굴이 타는 것에 조금 더 신경을 쓰는 편이라 얇은 베일을 썼다. 손목 보호대가 달린 개가죽 장갑도 꼈다. 자신에게 어울리는 풍성한 주름이 달린 흰 드레스를 입고 있었는데, 일직선으로 뚝 떨어지는 것보다는 늘어지거나 하늘거리는 장식이 달린 옷이 아델의 풍만한 아름다움에는 더 잘 어울렸다.

바닷가에는 탈의실 건물이 여러 개 늘어서 있었다. 투박하지만 견고한 그 건물들은 바다 쪽으로 난 조그만 테라스를 끼고 있었다. 탈의실은 두 칸으로 나뉘었고, 르브룅 가족 모두가 탈의실을 한 칸씩 소유해 수영에 필요한 용품을 비롯한 갖가지 편의 용품들을 빼곡하게 들여놓았다. 두 여인은 물에 들어갈 생각은 조금도 없었다. 그저 단둘이 바닷가를 산책하려고 나온 것이었다. 에드나 가족과 아델 가족의 탈의실은 한 건물에 나란히 있었다.

습관적으로 열쇠를 챙겨온 에드나는 탈의실 문을 열고 안으로 들어가 깔개를 들고 나왔다. 깔개를 테라스 바닥에 깔고, 거친 천을 씌운 커다란 쿠션 두 개를 탈의실 건물 벽에 기대어 세웠다.

두 사람은 쿠션에 등을 기대고 테라스 지붕의 그늘 아래 나란히 앉아 다리를 앞으로 뻗었다. 아델이 베일을 걷어 부드러운 손수건으로 얼굴을 닦더니 가늘고 긴 줄에 매달아 항상 가지고 다니는 부채를 부치기 시작했다. 에드나는 장식용 칼라를 떼어내 드레스 단추를 목까지 풀고 아델의 부채를 받아들어 두 사람 모두에게 바람이 오도록 부쳤다. 무척 더운 날이라서 더위와 태양과 열기에 대해서만 한참을 얘기했다. 바람도 불긴 했다. 파도와 부딪쳐 거품을 일으키는 뻣뻣한 바람이었다. 그 바람이 두 여인의 치맛자락을 펄럭이는 탓에 그들은 옷자락을 여미고 머리핀과 모자의 고정 핀을 다시 꽂고, 옷매무새를 가다듬고 또 가다듬어야 했다. 저만치 바다에서는 몇 사람이 물놀이를 하고 있었다. 이 시간대 바닷가는 인적이 드물어 아주 고요했다. 검은 옷의 여인이 옆 탈의실 테라스에서 아침 기도문을 읽고, 비어 있는 어린이용 텐트에서는 젊은 연인들이 가슴속 열망을 나누고 있었다.

에드나는 주위를 둘러보다가 이내 바다에 시선을 고정했다. 날씨가 청명해서 파란 하늘 저 끝까지 시선이 닿았다.

수평선에 흰 구름 몇 개가 나른하게 걸려 있었다.

캣아일랜드 방향으로 커다란 삼각돛 하나가 보였고, 남쪽의 다른 배들은 거리가 멀어서 거의 움직이지 않는 듯 보였다.

"누구 생각, 아니 무슨 생각해요?" 아델이 물었다. 아델은 호기심 어린 표정으로 친구를 쳐다보았다. 에드나는 골똘히 생각에 잠겨 눈코입이 얼어붙은 조각상처럼 미동조차 없었다.

"아무것도 아니에요." 에드나는 그렇게 대답하고는 곧바로 다시 말을 이었다. "말하고 보니 참 한심한 대답이네요! 그런 질문을 받으면 늘 본능적으로 이렇게 대답하게 되는 것 같아요. 무슨 생각을 했냐면……." 에드나는 머리를 뒤로 젖히고 맑은 두 눈이 선명한 불빛처럼 보일 때까지 눈을 가늘게 떴다. "내가 무슨 생각을 했냐면요, 사실 특별히 생각이라고 할 건 없었어요. 그래도 떠올랐던 것들을 되짚어볼 수는 있어요."

"어머! 그러지 않아도 돼요!" 아델이 웃었다. "나 그렇게 집요한 사람 아니에요. 이번엔 그냥 넘어가줄게요. 날씨가 정말이지 너무 덥네요. 생각에 대해 생각하기엔 더더욱!"

"왠지 재미있을 것 같아서 되짚어보려는 거예요." 에드나는 계속 이어갔다. "먼저, 아득히 멀리까지 펼쳐진 저 바다,

그리고 파란 하늘을 배경으로 움직이지 않는 저 돛들이 마치 한 폭의 그림처럼 아름다워서, 그냥 가만히 앉아서 계속 바라볼 수 있으면 좋겠다고 생각했어요. 얼굴을 때리는 뜨거운 바람은…… 딱히 관련은 없지만, 켄터키의 여름날을 떠올리게 했고요. 풀이 허리까지 자란 켄터키의 초원은 어린아이에게는 마치 바다처럼 광활했죠. 초원을 걸을 때 그 아이는 헤엄을 치는 것처럼 두 팔을 활짝 벌렸어요. 아, 무슨 관련이 있는지 이제야 알겠네!"

"켄터키 초원을 가로질러 어딜 가고 있었는데요?"

"지금은 기억이 나지 않아요. 그저 광활한 초원을 가로지르고 있었어요. 챙 모자가 내 시야를 가려 끝없이 펼쳐진 초록색만 보였어요. 끝도 없이, 영원히 걸어야 할 것 같은 기분이었죠. 그때 내가 두려웠는지 아니면 즐거웠는지는 기억나지 않아요. 아마 좋았던 것 같아요. 생각해보니 일요일이었던 것도 같네요." 에드나는 웃었다. "아마 장로교 예배에서 기도를 드리다 도망쳤을 거예요. 기도문을 읽던 아버지의 음침한 목소리를 생각하면 지금도 오싹해요."

"그날 이후로도 계속 기도 시간에 도망쳤어요, **자기**?" 재미있다는 듯 아델이 물었다.

"아뇨, 그럴 리가요!" 에드나가 펄쩍 뛰며 말했다. "그땐 참 철딱서니가 없었어요. 무턱대고 충동적으로 행동하곤 했죠. 반대로 종교에 완전히 심취했던 시기도 있었어요. 그게 열두 살 때부터 언제까지냐 하면…… 지금까지인 것 같네요. 물론 요즘은 특별히 의식하는 건 아니고, 그저 습관적으로 종교 생활을 하고 있지만요. 그런데 그거 알아요?" 에드나는 말을 멈추고 아델을 돌아보고는 몸을 살짝 숙여 자신의 얼굴을 아델의 얼굴 가까이 붙였다. "이번 여름엔 문득문득 그 초원을 걷는 것 같은 기분이 들어요. 목적 없이, 생각 없이, 정처 없이."

아델이 에드나의 손 위에 자신의 손을 포개었다. 에드나가 손을 거두지 않자 따스하게 단단히 움켜쥐면서 다른 손으로 애틋하게 쓰다듬었다. 그리고 나지막이 속삭였다. **"딱하기도 하지."**

에드나는 아델의 행동이 처음엔 좀 당혹스러웠지만, 이내 크리올 사람 특유의 다정한 손길에 기꺼이 자신을 내맡겼다. 에드나는 솔직한 애정 표현에 익숙하지 않았다. 본인이 표현하기도 어색했고 남이 표현할 때도 어색했다. 에드나는 여동생 재닛과는 티격태격하며 자랐고, 언니인 마거릿은 그들이 아주 어렸을 때 어머니가 세상을 떠나면서 일찍부터 집안일을 도맡아서인지 어른스럽고 점잖았다. 표현이 넘치는 스타일은 아니었고 오히려 현실적인 편이었다. 에드나가 때때로 사귄 동성 친구들도 우연인지 몰라도 전부 같은 유형이었다. 모두가 독립적인 여자들이었다. 에드나는 감정 표현을 잘 하지 않는 자신의 성향이 그런 것들과 적잖이 관계가 있다는 사실을 깨닫지 못했다. 학창시절 에드나의 가장 친한 친구는 타고난 지적 재능으로 훌륭한 글을 쓰곤 하는 친구였다. 에드나는 그 친구를 동경하며 닮고 싶어 했고, 그와 영문학 고전을 놓고 열띤 논쟁을 벌였으며, 종교나 정치 문제로 토론을 하기도 했다.

지금껏 한번도 내색하거나 발설한 적은 없었지만 에드나에게는 은근히 신경 쓰이는 한 가지 성향이 있었다. 아주 어렸을 때, 아마도 파도치는 초원을 가로지르던 그 시절, 켄터키에서 아버지를 찾아왔던 서글픈 눈빛의 늠름한 기병대 장교를 열정적으로 흠모했던 적이 있었다. 그가 집에 있으면 에드나는 한시도 그의 곁을 떠날 수가 없었고, 마치 나폴레옹처럼 검은 머리카락 한 줌이 흘러내린 그의 얼굴에서 도무지 시선을 뗄 수가 없었다. 그러나 그는 어느 날 에드나의 삶에서 종적도 없이 사라져버렸다.

이후에는 이웃 농장의 여자를 방문했던 어느 젊은 청년에게 깊은 연정을 품은 적도 있었다. 에드나의 가족이 미시시피로 이주한 뒤의 일로, 그는 그 농장의 젊은 여자와 약혼한 사이였다. 둘은 가끔 마차를 타고 마거릿을 만나러 왔다. 당시 에드나는 이제 막 10대로 접어드는 어린 나이였기에 약혼한 그 젊은 남자에게 자신이 아무것도, 정말이지 아무것도 아니라는 사실에 씁쓸한 아픔을 느꼈다. 그 청년 역시 한낱 꿈처럼 사라졌다.

가장 운명적인 사랑이 찾아왔을 때 에드나는 성인이었다. 어느 비극 배우의 얼굴과 몸이 상상을 잠식하고 감각을 뒤흔들기 시작했다. 열병이 상당 기간 지속된 탓에 마치 진정한 사랑처럼 느껴졌다. 이루어질 가망이 없었기에 더 숭고하게 느껴지기까지 했다.

에드나는 배우의 사진을 액자에 넣어 책상 위에 올려놓았다. 누구의 의심도 사지 않고, 아무런 설명 없이도 가질 수 있는 사진이었다. 이것이 바로 남몰래 간직한 비밀이었다. 사람들과 함께 있을 때면 에드나는 그 배우의 뛰어난 재능에 대한 찬사를 늘어놓거나, 사진을 보며 그의 실물을 얼마나 잘 담아냈는지에 대해 얘기하는 것에서 그쳤지만 혼자 있을 때면 사진을 들고 차가운 유리에 열정적으로 입 맞추곤 했다.

레옹스 퐁틀리에와의 결혼은 순전히 우연이었다. 그렇게 보면 그 결혼도 운명적 만남을 가장한 다른 수많은 결혼과 비슷했다. 레옹스를 만났을 때 에드나는 남몰래 열정적인 사랑을 하고 있었다. 남자들이 습관적으로 그러는 것처럼 레옹스는 에드나와 사랑에 빠졌고, 온 마음을 다해 흠잡을 데

없이 완벽한 구애를 했다. 레옹스는 에드나에게 기쁨을 주었다. 그의 절대적 헌신에 에드나는 우쭐해졌다. 물론 착각이었지만 그때만 해도 에드나는 두 사람의 생각과 취향이 잘 맞는다고 생각했다. 아버지와 마거릿은 가톨릭 신자와 결혼하는 것을 펄펄 뛰며 반대했지만 에드나로서는 그럴수록 더더욱 레옹스 퐁틀리에를 남편으로 맞이하고 싶었다.

그 배우와 결혼할 수 있었다면 더할 나위 없었겠지만 현실적으로 불가능한 일이었다. 자신을 떠받들어주는 남자에게 헌신함으로써 현실 속 자신의 위치를 겸허히 받아들여야 한다고, 꿈과 로맨스로 향하는 문은 영원히 닫아버려야 한다고 에드나는 생각했다.

기병대 장교와 농장의 젊은 약혼자나 다른 몇몇 남자들처럼 그 배우마저도 같은 전철을 밟았고 에드나는 비로소 현실을 직시하게 되었다. 그렇게 에드나는 남편을 좋아하기에 이르렀다. 남편에 대한 애정에는 열정이 없었다. 따라서 과하거나 믿기지 않을 만큼 뜨거워지지도 않았으며 그렇기에 식을 염려도 없다는 사실이 묘한 만족감을 주었다.

아이들에 대한 에드나의 감정은 오락가락했고 충동적이었다. 때로는 아이들을 열정적으로 품에 안았다가도 어느 때는 잊었다. 작년 여름, 이버빌에 있는 시어머니 집에 아이들을 보냈을 때도 그들이 행복하고 안전하게 잘 지내고 있다고 생각하니, 어쩌다 한 번씩 무척 보고 싶다는 생각이 드는 게 전부였다. 스스로도 인정하고 싶진 않았지만 아이들이 없으니 편한 게 사실이었다. 엄마라면 당연히 느껴야 하지만 왠지 자신에게는 없는 듯한 막중한 책임감의 압박에서 벗어난 기분이었다.

그해 여름 바다 앞에서 이 모든 얘기를 아델에게 털어놓지는 않았다. 그러나 대화 중에 많은 부분이 드러났다. 에드나는 아델의 어깨에 머리를 기대었다. 자신의 진짜 목소리와, 익숙하지 않은 솔직한 대화에 취해 얼굴이 붉게 물들었다. 마치 와인처럼, 혹은 처음 맛보는 자유처럼 혼란스러웠다.

사람들의 목소리가 점점 가까워졌다. 아이들 무리에 둘러싸인 로베르가 그들을 찾고 있었다. 에드나의 두 아들이 그 곁에 있었고, 아델의 어린 딸은 그가 안고 있었다. 그 외에 다른 아이들도 있었는데 보모들은 체념한 듯 못마땅한 표정으로 뒤따라왔다.

두 여자가 동시에 일어나 옷매무새를 가다듬고 기지개를 켰다. 에드나는 쿠션과 깔개를 탈의실 안으로 던졌다. 아이들이 어린이용 텐트로 달려가 일렬로 서더니 그때까지도 여전히 한숨 어린 맹세를 주고받고 있던 연인들을 구경했다. 그들은 일어서서 아이들을 나무라는 표정을 짓고는 어디론가 걸어갔다. 아이들이 텐트를 차지하자 에드나도 텐트로 들어갔다.

아델은 팔다리에 쥐가 나고 관절이 뻣뻣하다면서 로베르에게 집으로 데려가달라고 부탁하고선 로베르의 팔에 기대어 몸을 끌다시피 하며 힘겹게 걸었다.

8

"부탁이 있어요, 로베르." 두 사람이 집 방향으로 천천히 걷기 시작했을 때, 아름다운 그 여인이 넌지시 말했다. 그리고 동그란 그늘 아래서 양산을 든 로베르의 팔에 기대어 그를 쳐다봤다.

"뭐든 말씀만 하세요." 온갖 생각과 추측으로 가득한 아델의 눈을 바라보며 로베르가 말했다.

"꼭 한 가지만 부탁할게요. 에드나를 가만히 내버려 둬요."

"세상에! 아델 당신이 질투를 하다니!" 로베르가 갑자기 소년처럼 웃으며 프랑스어로 소리쳤다.

"말도 안 되는 소리! 나 진지해요. 에드나를 내버려 둬요."

"왜요?" 친구의 부탁에 자신도 덩달아 심각해지며 로베르가 물었다.

"에드나는 우리 같은 부류가 아니에요. 우리와는 다르

다고요. 에드나는 당신의 말을 진지하게 받아들일 수도 있어요."

　화가 난 로베르의 얼굴이 벌겋게 달아올랐다. 그는 모자를 벗어 그걸로 다리를 툭툭 내리치며 걸었다. "에드나가 날 진지하게 받아들이면 안 되는 이유가 뭐죠?" 그가 날카롭게 물었다. "내가 무슨 코미디언이나 광대라도, 아니면 상자를 열면 튀어나오는 인형이라도 됩니까? 대체 왜 안 된다는 거죠? 하여간 크리올 사람들이란! 도저히 못 봐주겠군요. 내가 무슨 재미있는 구경거리라도 되냐고요! 난 에드나가 날 심각하게 받아들이면 좋겠어요. 나에게서 **실없는 사람** 이상의 무언가를 볼 수 있는 분별력이 그분에게 있었으면 좋겠다고요. 에드나가 날 조금이라도 진지하게 생각해주기만 한다면……."

　"그만해요, 로베르!" 격하게 쏟아내는 로베르의 말을 자르며 아델이 소리쳤다. "생각 없이 함부로 말하는군요. 당신은 저 백사장에서 뛰어노는 아이들만큼도 생각이 없어요. 당신이 이곳에 있는 유부녀들에게 조금이라도 어떤 의도를 품고 호의를 베푼 거라면, 당신은 우리 모두가 생각하는 그런 점잖은 신사는 아닌 거예요. 당신을 신뢰하는 사람들의 부인이나 딸 들과 어울릴 자격도 없는 거고요."

　아델은 소신껏 말했다. 로베르가 초조한 듯 어깨를 으쓱했다.

"아, 이런, 그런 뜻이 아니었어요." 그가 씩씩거리며 모자를 썼다. "그런 말을 들으면 제가 기분 좋을 리 없다는 걸 잘 알잖아요."

"그럼 항상 듣기 좋은 말만 하라는 건가요? **세상에!**"

"막상 이런 말을 들으니 기분이 영……." 그가 생각 없이 말하다가 갑자기 말을 멈추었다. "내가 아로뱅이라면 또 몰라도…… 알세 아로뱅과 빌럭시 영사의 부인 이야기 기억하시죠?" 로베르는 아로뱅과 영사 부인의 이야기, 받아서는 안 될 편지를 받은 프랑스 오페라단 테너의 이야기, 그 밖에 온갖 불쾌하고 유쾌한 이야기를 늘어놓았다. 에드나가 이 젊은 남자의 말을 진지하게 받아들일 수도 있다는 이야기가 완전히 묻힐 때까지.

마침내 별장에 도착했을 때 아델은 좀 쉬어야겠다며 안으로 들어갔다. 돌아서기 전에 로베르는 부인이 좋은 뜻으로 한 말에 발끈해서 미안하다며, 자신이 무례했다고 사과했다.

"하지만 당신이 잘못 짚은 게 있어요, 아델." 그가 가볍게 웃으며 말했다. "에드나가 날 진지하게 받아들일 가능성은 전혀 없어요. 그러니까 당신은 아델을 걱정할 게 아니라 저에게 너무 진지해지지 말라고 경고했어야 했어요. 그랬다면 당신의 충고가 일리 있다고 받아들이고 그 점에 대해 생각해봤을 거예요. **또 봐요!** 그러고 보니 좀 피곤해 보이네요.” 그는 걱정스러운 표정으로 덧붙였다. “부용(육류, 생선, 채소, 향신료 등을 넣고 맑게 우려낸 육수–옮긴이) 한 컵 드릴까요? 아니면 토디(독한 술에 설탕과 뜨거운 물을 넣고 향신료 등을 넣어 만든 음료–옮긴이) 한잔 만들어드릴까요? 앙고스투라(칵테일에 풍미를 더해주는 리큐어–옮긴이)를 한 방울 넣어서요.”

아델은 부용이 좋겠다고 했다. 고마운 제안이었다. 로베르는 주방으로 갔다. 주방은 별장들과 떨어진 건물이었고 본채 뒤쪽에 자리 잡고 있었다. 그는 황금빛이 감도는 갈색 부용을 조그만 도자기 컵에 따르고 얇게 벗겨지는 크래커 한두 개를 곁들여 접시에 들고 갔다.

아델은 커튼이 드리운 열린 문 밖으로 하얀 팔을 내밀어 컵을 받고 로베르에게 **“좋은 사람”**이라고 진심을 담아 말했다. 로베르는 돌아서서 본채로 향했다.

연인들이 이제 막 별장 정원으로 들어서고 있었다. 그들은 마치 바다 반대 방향으로 휜 떡갈나무처럼 서로에게 기대었다. 그들의 발에는 흙이 한 톨도 묻어 있지 않았다. 아마도 줄곧 머리를 바닥에 대고 함께 누워 두 발로 허공의 파란 하늘을 거닐었을 것이다. 검은 옷의 여인이 그들 뒤에서 평상시보다 조금 더 창백하고 지친 얼굴로 걸었다. 에드나와 아이들은 보이지 않았다. 로베르는 그들의 그림자라도 찾아보려 멀리까지 바라보며 두리번거렸다. 그들은 아마도 저녁 시간까지 돌아오지 않을 듯했다. 로베르는 어머니 방으로 올라갔다. 본채 꼭대기 층에 있는 어머니 방은 각도가 특이했으며 천장마저 기이하게 기울어져 있었다. 두 개의 커다란 지붕창이 멕시코만 쪽으로 뚫려 시선이 닿을 수 있는 멀리까지 내다볼 수 있었다. 실내는 경쾌하고 근사하고 실용적으로 꾸며져 있었다.

르브룅 부인은 재봉틀을 돌리느라 바빴다. 흑인 소녀가 바닥에 앉아 두 손으로 재봉틀 페달을 돌렸다. 크리올 여인은 건강에 해가 될 일은 절대 하지 않았다.

로베르는 방으로 들어가 지붕창의 널찍한 창틀에 앉아 주머니에서 책을 한 권 꺼냈다. 책장이 규칙적으로 빈번히 넘어가는 것으로 보아 열중하고 있는 듯했다. 방 안에 요란하게 울려 퍼지던 재봉틀 소리가 잠시 멈추었을 때, 로베르와 어머니는 이런저런 이야기를 주고받았다.

"에드나는 어디 있니?"

"아이들하고 바닷가에 있어요."

"내가 부인에게 공쿠르 책 빌려주기로 약속했거든. 나갈 때 잊지 말고 들고 가렴. 탁자 옆 선반 위에 있어."

덜걱, 덜걱, 덜걱, 쿵! 하는 재봉틀 소리가 그로부터 5분 혹은 8분 정도 이어졌다.

"그런데 빅토르는 마차 타고 어딜 가는 거예요?"

"마차를 타고 간다고? 빅토르가?"

"네, 저 앞에 있는데요. 마차를 타고 어딜 가려는 거 같아요."

"좀 불러봐."

덜걱거리는 소리가 다시금 이어졌고, 로베르는 부두에서도 들릴 정도로 날카롭게 휘파람을 불었다.

"돌아보질 않아요."

르브룅 부인이 창가로 달려가 소리쳤다. "빅토르!" 부인이 손수건을 흔들며 다시 한번 불렀지만 빅토르는 마차에 올라탔고 말은 달리기 시작했다.

르브룅 부인이 다시 재봉틀 앞으로 돌아왔다. 부인은 화가 나서 얼굴이 벌겋게 달아올랐다. 자신의 둘째 아들이자 로베르의 동생인 빅토르는 '다혈질'로 성질이 고약해서 툭하면 싸움에 휘말렸고, 도끼로 찍어도 안 넘어갈 정도로 고집불통이었다.

"어머니가 말씀만 하시면 제가 저 녀석 버르장머리를 고쳐놓을게요."

"네 아버지만 살아 계셨어도!" 덜걱, 덜걱, 덜걱, 쿵!

르브룅 씨가 결혼 초에 세상을 떠나지만 않았어도 세상만사가 보다 합리적이고 질서 있게 돌아갔으리라는 것이 르브룅 부인의 확고한 믿음이었다.

"몽텔 씨한테서는 소식 있어요?" 몽텔은 지난 이십여 년 동안 르브룅 씨의 빈자리를 메꾸겠다는 헛된 열망을 품어온 중년의 신사였다.

덜걱, 덜걱, 쿵, 덜걱! "편지가 어디엔가 있을 텐데." 부인이 재봉틀 서랍을 열어 반짇고리 밑바닥에 있던 편지를 찾았다. "다음 달 초에 멕시코 베라크루스에 올 거라고 너한테 알려주라더라." 덜걱, 덜걱! "네가 아직도 자기하고 동업할 생각이 있는지도 물어보래." 쿵! 덜걱, 덜걱, 쿵!

"그 얘길 왜 이제 하세요, 어머니? 제가 동업하고 싶어 하는 걸 잘 아시면서……" 덜걱, 덜걱, 덜걱!

"저기 에드나가 아이들이랑 오는 거 보이지? 식사에 또 늦겠구나. 에드나는 꼭 시간에 임박해서 온다니까." 덜걱, 덜걱! "어딜 가려고?"

"공쿠르 책 어디 뒀었다고 했죠?"

9

홀 안의 모든 등이 환하게 밝혀져 있었다. 굴뚝으로 연기가 피어오르거나 폭발하지 않는 선에서 모든 램프를 최대한 밝게 켜두었다. 램프는 홀 내부에 일정한 간격으로 설치되어 있었고, 누군가가 오렌지와 레몬 나뭇가지로 근사한 장식을 만들어 램프 사이사이 공간에 걸어두었다. 나뭇잎의 짙은 초록색이 창문에 드리운 흰색 모슬린 커튼과 강렬한 대비를 이루며 반짝였다. 멕시코만에서 불어오는 거센 바람의 변덕에 커튼이 부풀고 펄럭였다.

바닷가에서 돌아오는 길에 로베르와 아델이 은밀한 대화를 나눈 뒤로 몇 주가 지난 어느 토요일이었다. 일요일까지 머물기 위해 휴양지에 온 남편이나 아버지, 친구 들이 여느 때보다 훨씬 많았다. 모두가 가족들과 즐거운 시간을 보냈고 르브룅 부인이 필요한 것들을 챙겨주었다. 식탁은 전부 한옆으로, 의자는 군데군데 나누어 줄 맞추어 배열해놓았다. 가족들끼리는 이미 이른 저녁 시간에 집안 소식들과 더불어 할 말을 주고받은 후라 분위기가 눈에 띄게 편안해졌다. 덕분에 더 많은 사람들이 서로 폭넓은 대화를 나눌 수 있었다.

제시간에 잠자리에 들지 않아도 된다는 허락을 받은 아이들도 많았다. 아이들 몇몇은 바닥에 엎드려서 퐁틀리에 씨가 사 온 컬러 만화책을 보고 있었다. 퐁틀리에 부부의 두 아들이 우쭐거리며 만화책을 아이들에게 보여주었다.

음악과 춤, 한두 사람의 낭송 같은 여흥이 이어졌다. 그러나 제대로 된 공연이라기보다는 그냥 하는 것이었다. 정해진 형식이라고 할 것은 없었고, 미리 짜오거나 생각해온 흔적도 전혀 없었다.

사람들이 파리발 쌍둥이에게 피아노를 쳐보라고 했다. 올해로 열네 살인 이들은 세례식 때 성모마리아에게 봉헌했기 때문에 항상 성모마리아의 색인 파란색과 흰색 옷만 입었다. 그들은 오페라 〈장파〉 이중주를 연주했고, 그곳에 있던 모든 사람의 열화와 같은 성원에 힘입어 곧바로 〈시인과 농부〉를 연주했다.

"꺼져! 빌어먹을!" 문밖의 앵무새가 소리쳤다. 앵무새는 그 여름날 쌍둥이의 고상한 연주가 듣고 싶지 않다고 처음으로 솔직하게 말한 참석자였다. 늙은 파리발 씨, 그러니까 쌍둥이의 할아버지가 앵무새의 훼방에 분개해 앵무새를 치워 어두운 곳에 처박아두어야 한다고 주장했지만 빅토르가 반대했다. 빅토르의 말은 곧 법이었기 때문에 어쩔 수 없었다. 그래도 다행히 앵무새는 그쯤에서 멈췄다. 그동안 차곡차곡 심술을 참아왔다가 하필 그 순간 쌍둥이에게 터뜨린 모양이었다.

그다음은 어린 남매 차례였다. 남매의 낭송은 그 자리에 있는 참석자 모두가 지난겨울 저녁 파티에서 여러 번 들었던 내용이었다.

뒤이어 나온 어린 여자아이는 홀 한복판에서 스커트 댄스(치맛자락을 펄럭이며 추는 춤—옮긴이)를 췄다. 반주를 해주는 아이의 엄마는 딸을 몹시 기특해하면서도 긴장과 걱정이 가득한 얼굴로 아이를 지켜보았다. 그러나 사실 걱정할 필요는 없었다. 그 아이가 그날 주인공이었기 때문이다. 아이는 공연을 위해 검은색 튈 드레스(망사처럼 짠 천으로 만든 드레스—옮긴이)에 검은색 실크 타이츠를 맞춰 입고 작은 목과 팔은 맨살을 드러냈다. 일부러 곱슬거리게 만 머리카락은 푹신한 검은 깃털처럼 머리 위로 높이 올렸다. 아이의 자세는 우아했고, 다리를 뻗을 때마다 검정 구두를 신은 조그만 발끝이 반짝였는데 그 동작이 얼마나 날렵한지 어리둥절할 정도였다.

다른 사람들도 춤추지 않을 이유가 없었다. 아델은 자신은 춤을 출 수 없으니 연주를 하겠다고 했다. 아델의 연주는 훌륭했다. 근사한 왈츠곡을 연주하다가 빠른 곡으로 흥을 돋우며 분위기를 한껏 띄웠다. 아델은 아이들을 위해 음악을 소홀히 하지 않는다고 했다. 그들 부부는 음악이야말로 집을 환하게 밝히고 유쾌하게 만들어준다고 믿고 있었다.

파리발 쌍둥이를 제외하고는 거의 모두가 춤을 추었다. 그들은 둘 중 누구든 남자와 팔짱을 끼고 방 안을 빙빙 도느라 떨어져 있어야 하는 잠시의 시간도 용납할 수 없었다. 둘이 같이 춤을 출 수도 있었건만 그 생각은 하지 못했다.

어느덧 아이들이 잠자리에 들 시간이었다. 어떤 아이들은 순순히 일어났지만 어떤 아이들은 소리 지르고 떼 쓰며 끌려갔다. 그들이 누릴 수 있는 최고의 기쁨인 아이스크림까지 먹은 뒤인데도.

아이스크림은 케이크와 함께 나왔다. 금색과 은색 케이크가 접시에 하나씩 담겼다. 아이스크림은 오후 내내 빅토르의 감독하에 흑인 하인 두 명이 주방에서 만들어 얼린 것이었다. 바닐라가 조금만 덜 들어갔다면, 설탕이 조금만 더 들어갔다면, 조금 더 단단하게 얼렸다면, 소금을 조금만 덜 넣었다면 훨씬 더 맛있었을 테지만 빅토르는 자신의 성취에 뿌듯해했다. 그래서 돌아다니며 그곳의 모든 사람에게 지나치다 싶게 아이스크림을 권했다.

에드나는 남편과 두어 번, 로베르와 한 번, 라티뇰 씨와도 한 번 춤을 추었다. 라티뇰 씨는 키가 크고 호리호리해서 춤추는 모습이 마치 바람에 흔들리는 갈대 같았다. 에드나는 테라스로 나가 낮은 창틀에 걸터앉았다. 그곳에 있으면 홀 안에서 일어나는 일을 구경하면서 바다도 감상할 수 있었다. 동쪽 하늘이 엷게 물들더니 어느덧 달이 떴다. 신비로운 달빛이 저 멀리 잠 못 이루는 바다에 수백만 개의 불빛을 드리웠다.

"라이스 양의 연주를 들어볼래요?" 에드나가 앉아 있는 테라스로 나오며 로베르가 물었다. 사실 에드나는 라이스의 연주를 듣고 싶었으나 자신이 직접 부탁해봐야 소용없을 것 같았다.

"내가 부탁해볼게요." 그가 말했다. "당신이 듣고 싶어 한다고 말할게요. 라이스가 당신을 좋아하니까 아마 올 거예요." 로베르는 돌아서더니 끝쪽에 있는 라이스의 별장으로 서둘러 걸어갔다. 라이스는 자신의 별장에서 의자를 바닥에 끌며 이 방 저 방 들락거리는 중이었다. 그 옆집에서 보모가 아기를 재우려고 애쓰고 있었는데 아기의 울음소리를 듣기 싫어서 그러는 것이었다. 라이스는 더 이상 젊다고 할 수 없는 퉁명스러운 여자로, 그곳에 있는 사람들 대부분과 싸울 만큼 자기주장이 강하고 남을 업신여기는 성격이었다. 그런데도 로베르는 별로 힘들이지 않고 라이스를 설득했다.

　홀에서 춤이 잠시 중단되었을 때 라이스는 뻣뻣하고 고압적인 태도로 살짝 고개 인사를 하며 들어섰다. 쪼글쪼글한 얼굴에 체구가 왜소했지만, 눈빛만은 반짝였다. 옷을 잘 입을 줄도 몰라서 검은색 낡은 레이스 드레스에 제비꽃 조화를 머리에 꽂고 다녔다.

　"에드나에게 어떤 곡을 듣고 싶은지 물어보세요." 라이스는 로베르에게 그렇게 말하고 건반에 손을 올리지 않은 채 피아노 앞에 가만히 앉아 있었다. 로베르가 창틀에 앉아 있는 에드나에게 그 말을 전했다. 피아니스트가 온 것을 확인한 순간, 홀 안에 있던 모두가 놀라면서도 뿌듯해했다. 사람들이 자리에 앉았고 실내에는 기대감이 감돌았다. 도도한 그 여자가 자신을 지목하자 에드나는 조금 당황스러웠다. 감히 신청곡을 말할 수가 없어서 라이스가 원하는 곡으로 부탁한다고 전했다.

　에드나는 음악을 무척 좋아했다. 멋지게 연주되는 음악의 선율을 듣고 있으면 마음속에 여러 장면이 떠올랐다. 그래서 아델이 연주하거나 연습할 때도 곁에 앉아 그걸 듣곤했는데, 그가 연주한 어떤 곡에 〈고독〉이라는 제목을 붙여주기도 했다. 짤막하고 애처로운 단조의 곡이었다. 원래 제목이 따로 있었지만 에드나가 새로운 이름을 붙인 것이다. 그

곡을 들었을 때 에드나는 바닷가 바위 옆에 서 있는 한 남자의 모습을 상상했다. 남자는 나체였고, 절망과 체념이 배어나는 모습으로 저 멀리 어디론가 날아가는 새를 바라보고 있었다.

어떤 곡은 엠파이어 드레스를 입은 젊은 여자가 관목 덤불 사이로 길게 뻗은 길을 경쾌하면서도 우아하게 걸어 내려오는 광경을 연상시켰다. 뛰어노는 아이들이 생각나는 곡도 있었고, 어떤 곡은 오직 고상한 여인이 고양이를 쓰다듬는 장면만을 떠올리게 했다.

라이스가 첫 건반을 두드린 순간, 에드나는 날카로운 전율이 등골을 스치는 것을 느꼈다. 피아니스트의 연주를 처음 듣는 건 아니었다. 그러나 온몸으로 받아들일 준비가 된 것은 그때가 처음이었을 것이다.

에드나는 음악이 상상 속 이미지에 불을 지피길 기다렸다. 하지만 허사였다. 고독, 희망, 갈망, 절망의 그림은 보이지 않았고 열정만이 영혼 속에서 솟구쳤다. 날마다 찬란한 육체에 밀려들며 에드나의 몸을 세차게 뒤흔드는 바로 그 열정이었다. 에드나는 전율했다. 목이 메어왔고 눈물이 앞을 가렸다.

연주가 끝났다. 피아니스트는 일어나 오만하게 고개만 까딱한 뒤 감사 인사도, 박수도 받지 않고 자리를 떴다. 테라스를 가로지르며 라이스가 에드나의 어깨를 다독였다.

"연주 어땠어요?" 라이스가 물었다. 에드나는 대답을 할 수가 없었다. 대신 피아니스트의 손을 꽉 잡았다. 그제야 라이스는 에드나의 격한 감정과 눈물을 보았다. 에드나의 어깨를 어루만지며 라이스가 말했다.

"여기서 내 연주를 들을 자격이 있는 사람은 당신뿐이네요. 다른 사람들? 쳇!" 라이스는 다시 발을 질질 끌며 테라스를 가로질러 자신의 별장으로 향했다.

그러나 라이스는 '다른 사람들'에 대해 잘못 생각하고 있었다. 사람들은 그의 연주에 열광했다. "열정이 참 대단해!" "참 놀라운 예술가네요!" "저는 늘 생각했어요, 라이스처럼 쇼팽을 연주하는 사람은 없을 거라고!" "그 마지막 서곡! **세상에나!** 아주 혼을 쏙 **빼놓던데요!**" 밤이 깊어가면서 사람들이 흩어지기 시작했다. 하지만 누군가는, 아마도 로베르는, 이 신비로운 시간의 신비로운 달빛 아래서 바다에 몸을 담그고 싶었다.

10

여하튼 로베르는 바다에 들어가자고 제안했다. 반대의 목소리는 없었다. 모두가 기꺼이 따라나섰다. 하지만 정작 로베르는 앞장 서지 않고 그저 방향을 안내하며, 무리에서 떨어져 천천히 걷는 연인들과 함께 뒤에서 어슬렁어슬렁 걸었다. 그들 틈에서 걷는 것이 심술인지 장난인지는 그 자신도 확실히 알지 못했다.

풍틀리에 부부와 라티뇰 부부가 앞장을 섰다. 여자들은 남자들의 팔에 기대어 걸었다. 에드나는 뒤쪽에서 들려오는 로베르의 목소리를 들었고 가끔은 그가 하는 말도 들었다. 로베르가 왜 그들 부부와 함께 걷지 않는지 궁금했다. 그답지 않았다. 최근 들어 로베르는 종일 에드나를 찾지 않다가, 다음 날과 그다음 날에 놓쳐버린 시간을 만회하려는 듯 두 배로 에드나에게 헌신하곤 했다. 다른 일이 있다는 이유로 로베르가 곁에 없을 때면, 태양이 환히 빛날 때는 모르다가 날이 흐리면 빛나던 태양이 그립듯 그가 그리워졌다.

사람들이 작게 무리 지어 바닷가로 향했다. 저마다 웃고 떠들었으며 노래를 부르는 사람도 있었다. 클라인 호텔에서는 악단의 연주가 한창이었다. 멀리서부터 흘러와 아득하고 희미해진 선율이 그들에게도 들렸다. 낯설고 희한한 냄새도 풍겨왔다. 바다 냄새와 잡초 냄새, 파헤쳐진 눅눅한 흙냄새가 흰 꽃이 만발한 근처 들판의 진한 향기와 뒤섞인 냄새였다. 바다에도 육지에도 밤이 살포시 내려앉았다. 어둠은 무섭지 않았고 그림자도 없었다. 하얀 달빛이 신비롭고 포근한 잠처럼 세상을 덮쳤다.

그곳에 있던 사람들 대다수가 자연으로 회귀하듯 바다로 들어갔다. 바다는 잔잔했다. 파도는 한껏 부풀어 올랐다가 밀려드는 다른 파도에 이내 녹아들었고, 희고 느린 뱀이 똬리를 틀 듯 조그만 거품의 봉우리들을 해안에 남기고 나서야 부서졌다.

에드나는 여름 내내 수영을 배우려 노력했다. 남녀 할 것 없이 여럿에게 수영을 배웠고 때로는 아이들에게도 배웠다. 로베르도 거의 매일 강습을 하다시피 하며 애썼으나 아무리 노력해도 제자리걸음이라 거의 포기하기 직전이었다. 에드나는 물속에 있을 때 자신을 붙잡아줄 손이 사라지면 막연한 두려움을 느꼈다.

그런데 그날 밤 에드나는 마침내 걸음마를 뗀 아이가 된 느낌이었다. 위태롭게 비틀거리고, 발이 걸려 넘어지고, 붙잡으려 애쓰다가 문득 자신의 힘을 깨닫고 처음으로 혼자 걷게 된 아이. 그것에 우쭐해져서 보란 듯이 걷는 아이. 기쁨의 비명을 지르고 싶었던 에드나는 팔을 한두 번 저어 몸이 뜨는 순간, 기쁨에 겨워 실제로 비명을 질렀다.

정말이지 짜릿한 희열이었다. 몸과 영혼을 통제할 수 있는 엄청난 힘이 주어진 것 같았다. 에드나는 자신의 능력을 과신하면서 점점 더 대담해지고 무모해졌다. 저 멀리까지 헤엄쳐 가고 싶었다. 그 어떤 여자도 가지 못했던 곳까지.

뜻밖의 성공에 놀라 사람들이 박수와 감탄을 보냈다. 로베르가 신경 써서 가르쳐준 덕분에 이런 좋은 결과를 얻을 수 있었던 거라고 모두가 입을 모았다.

'이렇게 쉬울 수가! 별거 아니잖아!' 에드나는 속으로 이렇게 생각하다가 이윽고 소리 내어 말했다. "별거 아니란 걸 왜 그동안 몰랐을까? 그 긴 시간을 아기처럼 첨벙거렸으니!" 에드나는 물에서 사람들과 어울려 놀지 않고 새로 얻은 자신의 능력에 취해 혼자 수영을 했다.

바다를 바라보며 그 광활함과 고독을 음미했다. 달빛 어린 하늘과 맞닿아 녹아들며 끝없이 펼쳐진 바다를 들뜬 마음으로 고스란히 느꼈다. 수영하는 동안 무한의 세계로 나아가며 그 속에 자신을 내던지는 기분이었다.

그러다 어느 순간 해안 쪽을, 자신이 두고 온 사람들이 있는 곳을 돌아보았다. 그리 멀리 온 건 아니었다. 그러니까, 수영을 잘하는 사람에게는 그랬을 것이다. 하지만 아직 거리 가늠이 잘 안 되는 에드나의 눈에는 자신이 떠나온 거리가 혼자 힘으로는 결코 좁힐 수 없는 간극처럼 멀게 느껴졌다. 문득 죽음의 환영이 영혼을 강타했고 잠시 모든 감각을 마비시켰다. 에드나는 사력을 다해 헤엄쳐 간신히 육지로 돌아왔다.

그는 자신이 마주했던 죽음에 대해서도, 섬광처럼 스쳤던 공포에 대해서도 남편에게는 일체 언급하지 않았다. 그저 "나 혼자 헤엄쳐서 나갔다가 빠져 죽는 줄 알았어."라고만 말했다.

"당신 그렇게 멀리까지 나가진 않았어. 내가 보고 있었거든." 남편은 답했다.

에드나는 곧바로 탈의실로 가서 마른 옷으로 갈아입었다. 그러고는 다른 사람들이 아직 바다에 있을 때 별장으로 돌아가려고 혼자 걷기 시작했다. 사람들이 에드나를 부르며 소리쳤지만 에드나는 손을 내젓고 계속 걸었다. 자신을 붙잡으려는 사람들의 고함소리를 더는 신경 쓰지 않았다.

"가끔 에드나가 좀 변덕스럽다는 생각이 들어요." 아델이 말했다. 아델은 즐거운 시간을 보내고 있던 차에 에드나가 갑자기 떠나버려서 분위기가 썰렁해질까 봐 걱정이 되었다.

"변덕스러운 건 사실이죠." 퐁틀리에 씨가 수긍했다. "자주는 아니지만, 가끔 좀 그래요."

로베르는 별장까지 반의반도 못 간 에드나를 뒤따랐다.

"내가 무서워할까 봐 쫓아왔어요?" 조금도 화난 기색 없이 에드나가 물었다.

"아뇨. 무서워할 거라고 생각하진 않았어요."

"그럼 왜요? 왜 다른 사람들과 함께 있지 않고 왔어요?"

"생각해본 적 없는데요."

"뭘 생각해본 적이 없다는 거예요?"

"전부 다요. 생각해봐야 뭐가 달라져요?"

"나 지금 진짜 피곤해요." 에드나가 불평하듯 말했다.

"알아요."

"당신은 아무것도 몰라요. 당신이 어떻게 알겠어요? 내 평생 이렇게 피곤해보긴 처음인데. 그래도 기분이 나쁘진 않네요. 오늘 밤 수천 가지 감정이 날 휩쓸고 지나갔는데 그 절반도 이해가 안 됐거든요. 내 말 신경 쓸 필요는 없어요. 그냥 생각나는 대로 말하는 거니까. 오늘 밤 라이스의 연주에 감동한 것처럼 앞으로 또 감동할 일이 있을지 모르겠어요. 이 지상에서 보낼 어느 밤이건 오늘 밤만한 밤이 또 있을지도 모르겠고요. 마치 꿈속의 하룻밤 같아요. 내 주위 모든 사람들이 꼭 반만 인간인 기이한 생명체들 같기도 해요. 오늘 밤엔 분명히 유령도 있을 거예요."

"유령 있어요." 로베르가 속삭였다. "오늘이 8월 28일인 거 몰랐어요?"

"8월 28일?"

"네. 8월 28일 자정에 달이 환히 빛날 때 나타나요. 달은 반드시 환히 빛나야 하죠. 그래야 오랜 세월 바다에 머물던 유령이 만에서 솟아오르거든요. 유령은 사람들을 꿰뚫어 보면서 자기와 함께 천상계 비슷한 곳으로 승천해서 몇 시간을 보낼 자격이 있는 사람을 찾아요. 하지만 매번 적절한 사람을 찾지 못하고 낙담한 채 바다로 돌아가죠. 그런데 오늘 밤은 그 유령이 에드나를 찾은 거예요. 아마도 유령은 에드나에게 건 주문을 영영 풀지 않을지도 몰라요. 이제 당신은, 신의 그늘에서만 살아가는 하찮은 인간의 고통을 다시는 겪을 일이 없을 거예요."

"놀리지 말아요." 장난스러운 그의 말에 에드나는 기분이 상했다.

로베르는 에드나가 한 말은 개의치 않았지만 못마땅해

하는 말투가 마치 자신을 꾸짖는 것처럼 들렸다. 로베르는 설명할 수가 없었다. 자신이 에드나의 심리를 꿰뚫고 또 이해한다고 결코 말할 수 없었다. 지친 에드나를 위해 로베르는 말없이 팔을 내밀었다. 에드나는 두 팔을 축 늘어뜨리고 이슬이 내린 길에 치맛자락을 끌며 혼자 걷고 있던 터였다. 에드나는 로베르의 팔을 잡긴 했지만 그에게 기대지는 않았다. 무심히 그의 팔에 손을 얹을 뿐이었다. 생각은 딴 데 가 있는 사람처럼. 저만치 달아나는 생각을 몸이 따라잡으려 애쓰는 사람처럼.

로베르가 테라스 기둥과 나무 사이에 매달아놓은 해먹으로 에드나를 안내하며 물었다.

"여기서 퐁틀리에 씨 기다릴래요?"

"네, 여기 밖에 있을래요. 잘 자요."

"베개 가져올까요?"

"여기 있어요." 어둠 속에 있던 베개를 손으로 더듬으며 에드나가 답했다.

"흙 묻었을 텐데. 아마 애들이 밟고 다녔을걸요."

"상관없어요." 에드나는 베개를 찾아 목 밑에 받치고, 해먹에 몸을 펴고 누우며 안도의 한숨을 쉬었다. 에드나는 고상한 체하거나 까탈을 떠는 사람이 아니었다. 해먹에 자주 눕지는 않아도 한번 누울 때면 고양이처럼 관능적인 자세가 아닌 온몸이 편안한 자세로 누웠다.

"퐁틀리에 씨가 올 때까지 옆에 있어줄까요?"계단 가장자리에 앉아 기둥에 묶인 해먹의 줄을 잡으며 로베르가 물었다.

"좋을 대로. 해먹 흔들지 말아요. 본채 창틀에 있는 내 흰 숄 좀 가져다줄래요?"

"추워요?"

"아뇨, 곧 추워질 것 같아서요."

"곧?"그가 웃었다. "지금 몇 시인 줄 알아요? 여기 얼마나 있으려고요?"

"나도 모르겠어요. 숄 가져다줄 거예요?"

"당연하죠."로베르가 일어서며 말했다. 그는 풀밭을 걸어 본채로 향했다. 에드나는 가느다란 달빛 사이를 넘나들며 멀어지는 로베르의 모습을 바라보았다. 자정이 지났고, 주위는 고요했다.

그가 숄을 들고 돌아오자 에드나가 받아 들었다. 바로 걸치진 않았다.

"퐁틀리에 씨가 돌아올 때까지 곁에 있어달라고 했던가요?"

"좋을 대로 하라고 했어요."

로베르는 다시 자리에 앉아 아무 말 없이 담배 한 대를 말아 피웠다. 두 사람 다 아무 말도 하지 않았다. 그들 사이에 감도는 침묵은 그 어떤 말보다 의미심장했으며, 처음으로 느낀 욕망의 박동이 가득 담겨 있었다.

물놀이를 하고 돌아오는 사람들의 목소리가 가까워지자 로베르는 잘 자라고 인사를 건넸다. 대답이 없자 그는 에드나가 잠들었다고 생각했다. 에드나는 이번에도 달빛을 드나들며 걸어가는 그의 뒷모습을 가만히 지켜보았다.

11

"여기서 뭐 하고 있어, 에드나? 자고 있을 줄 알았는데." 해먹에 누워 있는 에드나를 보고 남편이 물었다. 그는 르브룅 부인과 함께 걸어오다가 부인을 본채에 데려다주고 오는 길이었다. 아내는 대답을 하지 않았다.

"자는 거야?" 그가 몸을 숙여 에드나를 바라보며 물었다.

"아니." 에드나가 남편을 쳐다보았다. 에드나의 눈은 졸린 기미는커녕 밝고 강렬하게 반짝였다.

"1시도 넘은 거 알아? 어서 들어와." 계단을 올라 집 안으로 들어서며 그가 말했다.

"에드나!" 머지않아 퐁틀리에 씨가 안에서 다시 소리쳤다.

"나 기다리지 마." 에드나가 대답했다. 퐁틀리에 씨가 문

밖으로 고개를 내밀었다.

"그러다 감기 들어." 그가 짜증스럽게 말했다. "대체 왜 그러는데? 왜 안 들어오겠다는 거냐고."

"나 안 추워. 숄도 있다고."

"모기 물려."

"모기 없어."

에드나는 남편이 집 안을 돌아다니는 소리를 들었다. 모든 소리에서 초조함과 짜증이 묻어났다. 다른 날 같았으면 그가 시키는 대로 했을 것이다. 에드나는 습관처럼 남편의 말을 따랐다. 굴복한다거나 순종한다는 의식조차 없었다. 아무 생각 없이, 걷고 움직이고 앉고 일어서고 우리에게 주어진 일상의 쳇바퀴를 도는 것처럼, 그냥 그렇게 했다.

"여보, 에드나, 당신 곧 들어올 거지?" 그가 다시 물었다. 이번에는 애원조로 다정하게 물었다.

"아니, 나 밖에 있을 거야."

"적당히 좀 하지?" 그가 퉁명스럽게 말했다. "당신이 밤새 밖에 있는 건 허락 못 해. 당장 들어와."

에드나는 몸을 뒤척여 좀 더 편안하게 해먹에 자리를 잡았다. 고집스럽고 반항적인 의지가 불타올랐다. 에드나는 그저 거부하고 저항하고 싶은 생각밖에 없었다. 남편이 전에도 이런 식으로 말한 적이 있었는지, 그때 자신이 남편의 명령에 순순히 따랐는지 생각해보았다. 물론 그랬다. 또렷하게 기억이 났다. 그러나 이런 기분으로 왜 그 명령을 따랐는지, 어떻게 그럴 수 있었는지 이해가 가지 않았다.

"레옹스, 그만 자." 에드나가 말했다. "내가 밖에 있겠다고 했잖아. 집에 들어가고 싶지 않고 들어갈 생각도 없다고. 다시는 나한테 그런 식으로 말하지 마. 그런 식으로 말하면 대답 안 할 거야."

퐁틀리에 씨는 잠옷으로 갈아입은 상태였지만 그 위에 겉옷을 걸치고, 고급 술들을 구비해둔 자신만의 조그만 와인 창고에서 와인을 한 병 꺼내 마개를 땄다. 그걸 한잔 마시고 테라스로 나가 아내에게도 한잔 권했다. 에드나는 마시고 싶지 않다고 했다. 그는 흔들의자를 끌어와 앉아 슬리퍼 신은 발을 테라스 난간에 올려놓고 시가를 피우기 시작했다. 시가 두 대를 피우고 다시 안으로 들어가 와인을 한잔 더 마셨다. 퐁틀리에 씨는 아내에게 한 번 더 와인을 권했지만 에드나는 이번에도 거절했다. 그는 꽤 오랫동안 잠자코 있다가 다시 시가를 피웠다.

에드나는 서서히 꿈에서 깨어나는 것 같은 기분이 들었다. 달콤하면서도 기괴하고 황당한 꿈에서 깨어나 영혼을 파고드는 진실을 새로이 느끼는 기분이었다. 잠을 자고 싶은 욕구가 밀려들었다. 영혼을 지탱하고 들뜨게 했던 그 열정

이 이제 에드나를 무기력하게 했고 육체적 욕구에 굴복하게
했다.

　동이 트기 직전, 가장 고요한 시간이 찾아왔다. 온 세상
이 숨을 죽이는 듯한 시간이었다. 나른한 하늘에 나지막이
걸린 달은 은빛에서 구릿빛으로 변했다. 늙은 부엉이도 더는
울지 않았고, 고개를 숙이며 신음하던 떡갈나무 소리도 멈추
었다.

　에드나가 일어났다. 해먹에 오랫동안 꼼짝 않고 누워 있
던 탓에 몸이 욱신거렸다. 비틀거리며 계단을 올라가 힘없이
기둥을 붙잡고서 안으로 들어갔다.

　"들어올 거야, 레옹스?" 남편을 돌아보며 물었다.

　"응." 담배 연기를 눈으로 좇으며 그가 대답했다. "이것
만 마저 피우고."

12

에드나는 몇 시간밖에 못 잤다. 뭐라 설명할 수 없는 꿈을 꾸느라 괴로워 뒤척였다. 끝내 가질 수 없는 무언가에 대한 막연한 안타까움만 남긴 채 잠에서 깨어났다. 이른 아침 서늘한 시간에 일어나 옷을 입었다. 아침 공기가 기운을 북돋우며 심신을 안정시켰지만, 내적으로든 외적으로든 기분전환을 위해 혹은 다른 무언가에게 도움을 받기 위해 애쓰지는 않았다. 낯선 사람이 이끄는 대로 길을 걷듯이, 모든 책임을 벗어던지고 맹목적인 충동에 따라 움직였다.

이른 시간이라 사람들 대부분은 깊이 잠들어 있었다. 셰니에르에 가서 미사를 드리려는 사람들만 나와 있었다. 전날 밤 미리 약속을 해둔 연인들은 벌써 부두 쪽으로 걷고 있었고, 검은 옷의 여인은 금박 장식이 있는 벨벳 표지의 주일 기도서와 은색 묵주를 들고 적당한 거리를 유지하며 그들 뒤를 따랐다. 늙은 파리발 씨도 일찍 일어난 김에 뭐라도 해볼 생각인지 큼직한 밀짚모자를 쓴 채 우산을 챙겨 검은 옷의 여인을 뒤쫓았다. 결코 여인을 앞지르지는 않았다.

르브룅 부인의 재봉틀을 돌리던 흑인 소녀가 발코니마다 돌아다니며 비질을 하고 있었다. 에드나는 소녀에게 본채에 가서 로베르를 깨워달라고 했다.

"셰니에르에 갈 거라고 전해줘. 배가 기다린다고, 서두르라고 해."

로베르가 곧 합류했다. 에드나는 한번도 그에게 사람을 보낸 적이 없었다. 예전에는 먼저 그를 찾지도 않았고 만나길 원하지도 않았으니까. 그렇다고 에드나가 자신이 그를 불러냈다는 사실을 특별히 의식하는 건 아니었다. 로베르 역시 이 상황을 특별하게 생각하지는 않는 것 같았다. 그러나 에드나를 보자 로베르의 얼굴이 엷은 광채로 물들었다.

두 사람은 커피를 마시려고 함께 주방으로 갔다. 격식을 차리며 식사할 시간이 없어, 창틀에 앉아 요리사가 창밖으로 내어준 커피와 빵을 받아 먹었다. 에드나는 맛있다고 했다. 사실 커피고 뭐고 아무것도 생각하지 못했던 터였다. 로베르는 에드나에게 미리 생각하고 움직이는 편은 아닌 것 같다고 말했다.

"셰니에르에 가자고 당신을 깨웠는데 그걸로 충분하지

않아요?" 에드나가 웃었다. "내가 하나부터 열까지 다 생각해야 하나요? 말하고 보니 레옹스가 화났을 때 하는 말이네요. 그를 뭐라 하려는 건 아니에요. 나만 아니면 화낼 일 없는 사람이거든요."

그들은 백사장을 가로지르는 지름길을 택했다. 저만치 부두로 향하는 사람들의 낯선 행렬이 보였다. 어깨를 기댄 채 천천히 걷는 연인들, 그들을 안정적으로 따라잡는 검은 옷의 여인, 조금씩 뒤처지는 파리발 씨, 그 뒤에서 빨간 두건을 쓰고 바구니를 들고 맨발로 걷는 스페인 소녀까지.

소녀는 로베르와 아는 사이였고, 그들은 보트에서 짧게 이야기를 나누었다. 보트에 탄 누구도 두 사람의 말을 알아듣지는 못했다. 소녀의 이름은 마리키타였다. 능글맞고 영악해 보이는 둥근 얼굴에 예쁜 검은 눈동자를 갖고 있었다. 소녀는 조그만 두 손을 바구니 손잡이에 포개어놓았다. 발은 넓적하고 거칠었는데 굳이 숨기려 하지 않았다. 에드나는 갈색 발가락 사이에 모래와 때가 낀 소녀의 발을 보았다.

마리키타가 보트에 타는 바람에 자리가 비좁다며 보들레가 투덜거렸다. 사실 보들레를 화나게 한 건 파리발 씨였다. 파리발 씨가 보들레보다 자신이 더 훌륭한 뱃사공이라고 생각하고 있기 때문이었다. 차마 늙은 파리발 씨와 싸울 수 없어서 마리키타에게 괜한 화풀이를 하는 것이었다. 처음에 마리키타는 부루퉁한 표정으로 로베르에게 도움을 청했다. 그러다 이내 뻔뻔한 표정으로 고개를 위아래로 움직이며 눈으로는 로베르를, 입으로는 보들레를 조롱했다.

연인들은 오직 그들만의 세상에 있었다. 그들에겐 아무것도 보이지도 들리지도 않았다. 검은 옷의 여인은 세 번째 묵주기도를 올리고 있었고, 늙은 파리발 씨는 보트에 대해 자신은 알지만 보들레는 모르는 것에 대해 끊임없이 떠들어댔다.

에드나는 이 모든 게 좋았다. 에드나는 마리키타의 볼품없는 갈색 발가락부터 예쁜 검은 눈동자까지 훑어보고 또 훑어보았다.

"저 여자는 왜 저렇게 날 쳐다봐요?" 스페인 소녀가 로베르에게 물었다.

"네가 예쁘다고 생각하나 봐. 물어봐줄까?"

"아니, 저 여자 당신 애인이에요?"

"결혼한 여자야. 아이가 둘이나 있어."

"그게 뭐 대수인가요! 프란시스코는 애가 넷이나 있는 실바노의 아내와 도망쳤는걸요. 아이 한 명을 데리고 돈을 전부 다 챙겨서 보트까지 훔쳤잖아요."

"시끄러워!"

"저 여자가 내 말 알아들어요?"

"쉿, 조용히 해!"

"저기 꼭 붙어 있는 저 사람들은 결혼했어요?"

"당연히 안 했지." 로베르가 대답했다.

"당연히 안 했지." 마리키타가 진지하고도 확신에 찬 얼굴로 고개를 까딱이며 그의 말을 따라 했다.

태양이 높이 솟아올라 따갑게 내리쬐기 시작했다. 칼바람이 태양의 따가운 열기를 얼굴과 손의 모공까지 밀어넣는 것처럼 느껴졌다. 로베르가 에드나 위로 양산을 펼쳐주었다. 배가 비스듬히 물살을 가르자 바람이 돛을 부풀리고 넘치도록 채웠다. 늙은 파리발 씨는 무언가를 바라보며 냉소적으로 웃었고, 보들레는 그를 향해 조용히 욕을 내뱉었다.

배가 만을 가로질러 셰니에르카미나다섬으로 향할 때 에드나는 자신을 단단히 붙들고 있던 정박지에서 벗어나 멀리 날아가는 기분이었다. 전날 밤 로베르가 말한 멕시코만의 신비한 유령이 출몰해 자신을 묶고 있던 사슬을 툭 끊어냈고, 가고 싶은 곳 어디든 갈 수 있을 것만 같았다. 로베르는 끊임없이 에드나에게 말을 걸었다. 그는 더 이상 마리키타를 쳐다보지 않았다. 새우가 담긴 마리키타의 대나무 바구니는 이끼로 뒤덮여 있었다. 마리키타는 짜증스럽게 이끼를 털어내며 뚱한 표정으로 뭐라 웅얼거렸다.

"내일 그랑드테르섬에 갈래요?" 로베르가 나지막이 물

었다.

"거기 가서 뭘 할 건데요?"

"오래된 요새가 있는 언덕에 올라가서 꿈틀거리는 조그만 황금색 뱀도 보고, 일광욕하는 도마뱀도 보는 거죠."

에드나는 고개를 돌려 그랑드테르섬을 바라보았다. 태양 아래서 로베르와 성난 파도 소리를 듣고, 끈적끈적한 도마뱀들이 폐허가 된 요새의 틈새를 꿈틀거리며 드나드는 광경도 보고 싶었다.

"그리고 그다음 날이나 다다음 날에는 배 타고 바유 브륄로에 가요." 그가 말을 이었다.

"거기 가선 또 뭘 하죠?"

"뭐든지요. 미끼로 물고기를 잡아도 되고요."

"아뇨, 그랑드테르에 가요. 물고기는 내버려 두고요."

"당신이 원하는 곳이라면 어디든지요." 로베르가 말했다. "토니를 불러서 내 배를 수리하라고 할게요. 그럼 보들레도 누구도 필요 없어요. 통나무배 타는 거 무서워요?"

"전혀요."

"달빛 환한 밤에 당신을 통나무배에 태울게요. 그럼 멕시코만의 유령이 어느 섬에 보물이 숨겨져 있는지 당신에게 속삭여줄지도 몰라요. 보물이 숨겨진 바로 그곳으로 당신을 데려가줄지도 모르죠."

"그럼 하룻밤 새에 부자가 되겠네요!" 에드나가 웃으며 말했다. "전부 다 당신에게 줄게요. 해적들의 금과 우리가 찾은 온갖 보물들까지 전부요. 그 돈은 어떻게 써야 하는지 알죠? 해적의 금은 몰래 숨겨둬도 안 되고 요긴하게 써도 안 돼요. 흥청망청 쓰고 사방에 뿌려야 하죠. 날아다니는 금 쪼가리를 구경하는 재미로요."

"나눠서 같이 뿌려요." 그렇게 말하는 로베르의 얼굴이 붉게 물들었다.

섬에 도착한 그들은 함께 루르드 성모마리아 성당으로 향했다. 고딕 양식의 고풍스러운 성당이 햇빛을 받아 갈색과 노란색으로 반짝였다.

보들레 혼자 남아 배를 손보았고 마리키타는 어린아이처럼 토라진 표정으로 로베르에게 눈을 흘기며 새우 바구니를 들고 사라졌다.

13

미사 도중 에드나는 답답한 기분이 들면서 졸음이 쏟아졌다. 머리가 지끈거리기 시작했고, 제단의 불빛이 눈앞에서 흔들렸다. 여느 때 같았으면 마음을 다잡으려 노력했겠지만 그 순간에는 숨 막히는 성당에서 벗어나 바깥바람을 쐬고 싶다는 생각이 간절했다. 에드나는 자리에서 일어서다가 그만 로베르의 발을 밟고 말았고, 작은 목소리로 조심스레 사과했다. 늙은 파리발 씨가 어쩔 줄 몰라 하며 호기심 어린 표정으로 일어서다가, 로베르가 에드나를 따라나서는 것을 보고 도로 자리에 앉았다. 파리발 씨가 검은 옷의 여인에게 걱정스러운 질문을 속삭였지만 여인은 그를 보지도, 대답을 하지도 않았다. 오직 벨벳 기도서에만 시선을 고정하고 있었다.

"어지러워서 하마터면 쓰러질 뻔했어요." 에드나는 본능적으로 두 손을 머리로 가져가 밀짚모자를 뒤로 젖혔다. "도저히 미사가 끝날 때까지 버틸 수가 없겠더라고요."

두 사람은 성당 건물의 그늘에 서 있었다. 로베르는 진심으로 에드나를 걱정했다.

"버티는 건 둘째 치고, 애초에 성당에 들어간 것 자체가 잘못이었던 것 같아요. 우리 앙트안 부인의 집에 가요. 거기서 좀 쉬어요." 그는 근심 어린 표정으로 팔을 붙들어 이끌며 계속 에드나의 안색을 살폈다.

해수 웅덩이에서 자란 갈대숲 사이로 바다의 속삭임만이 들려오는 이곳의 고요함이란! 온갖 풍파를 견딘 조그만 회색 집들이 오렌지 나무 사이에 평화로이 들어서 있었다. 야트막하고 나른한 이 섬에 살면 매일이 일요일 같을 거라고 에드나는 생각했다. 그들은 걸음을 멈추고, 해변에 밀려든 잡동사니로 만들어진 울타리에 몸을 기대며 물을 청했다. 온화한 인상의 젊은 아카디아(옛 프랑스 식민지였던 캐나다 남동부 지역 주민. 훗날 루이지애나로 이주한 캐나다 아카디아 출신 사람들을 칭하는 말로 바뀌었다–옮긴이) 여인이 물탱크에서 물을 길어 올리고 있었다. 물탱크라고 해봤자 녹슨 부표를 바닥에 묻어 한쪽에 구멍을 뚫어놓은 게 다였다. 그 여인이 양철통에 담아 건넨 물은 차갑진 않았지만 에드나의 달아오른 얼굴을 식히기엔 충분했다. 물을 마시니 한결 기운이 나고 생기가 돌았다.

앙트안 부인의 오두막은 마을 맨 끝에 자리 잡고 있었

다. 부인은 토박이의 후한 인심으로 햇살을 반기듯 그들을 반겼다. 부인은 무거운 몸을 이끌고 불편한 걸음걸이로 집안을 돌아다녔다. 영어를 할 줄 모르는 사람이었지만, 로베르가 일행이 아파서 쉬고 싶어 한다고 말하자 에드나가 편히 쉴 수 있도록 여러모로 마음을 써주었다.

집 안은 티끌 하나 없이 깨끗했고 네 개의 기둥이 있는 순백색의 침대는 얼른 와서 쉬라고 손짓하는 듯했다. 침대가 있는 방의 창문을 통해 헛간으로 이어진 좁은 잔디밭이 내다보였고, 헛간에는 못쓰게 되어 뒤집어놓은 배 한 척이 있었다.

앙트안 부인은 성당 미사에 참석하지 않았다. 대신 아들 토니가 성당에 갔으니 곧 돌아올 거라면서 로베르에게 앉아서 토니를 기다리라고 했다. 하지만 로베르는 밖에 나가 담배를 피웠고, 부인은 집 앞쪽의 널찍한 주방에서 저녁 식사를 준비했다. 빨간 석탄이 타는 커다란 화로 위에서 숭어 몇 마리가 끓고 있었다.

작은 방에 혼자 남겨진 에드나는 옷을 느슨히 푼 다음, 걸친 옷들을 대부분 벗었다. 두 개의 창문 사이에 놓인 세면대에서 얼굴과 목, 팔을 씻었다. 그리고 신발과 양말을 벗고, 높고 하얀 침대에 올라가 기지개를 켰다. 묘하게 낯설고 고풍스러운 침대에 눕는 게 얼마나 큰 호사처럼 느껴지던지!

시트와 매트리스에서는 월계수 향이 은은하게 풍겼다. 에드나는 살짝 욱신거리는 팔다리를 쭉 뻗고는 풀어헤친 머리카락을 잠시 손으로 쓸어내렸다. 둥근 두 팔을 뻗어 문지르면서 처음 보듯 자신의 팔을 보았고, 매끄럽고 단단한 살의 감촉도 느껴보았다. 그러다 머리 위에 두 손을 깍지 낀 채로 잠이 들었다.

처음엔 얕은 잠을 잤다. 반쯤 깨어 있는 상태로 주위에서 일어나는 일들을 어렴풋이 감지했다. 앙트안 부인이 사포질로 정돈된 바닥 위로 발을 끌며 무겁게 걷는 소리도 들렸다. 창밖에서는 닭들이 꼬꼬댁거리며 잔디밭의 돌멩이를 쪼았다. 얼마 후 로베르와 토니가 헛간에서 대화를 나누는 소리가 들렸다. 에드나는 움직이지 않았다. 졸린 눈을 눈꺼풀이 묵직하게 눌렀다. 그들의 대화는 계속 이어졌다. 토니의 느린 아카디아 방언과 로베르의 빠르고 부드러운 프랑스어로 이루어진 대화였다. 에드나는 프랑스어를 직접 들을 때만 이해했기 때문에 두 사람의 대화는 그저 감각들을 어루만지는 나른하고 먹먹한 소음일 뿐이었다.

마침내 잠에서 깨어났을 때는 한참 푹 자고 일어난 기분이었다. 헛간에서의 목소리도 더는 들려오지 않았고, 옆방에서 들리던 앙트안 부인의 발소리도 들리지 않았다. 닭들도 다른 데로 간 모양이었다. 어느 틈엔가 침대에 모기장이 드리워져 있었다. 에드나가 잠든 사이에 부인이 들어와 모기장을 쳐주었던 것이다. 에드나는 침대에서 가만히 일어나 커튼 틈으로 창밖을 내다보았다. 비스듬히 기운 햇살을 보니 오후로 접어든 지 한참 된 모양이었다. 로베르는 헛간에 뒤집어 놓은 배에 기대어 앉아 책을 읽고 있었다. 토니는 보이지 않았다. 다른 사람들은 또 어디 있는지 궁금해 에드나는 창문 사이 세면대에서 세수를 하며 두세 번 밖을 내다보았다.

앙트안 부인이 올이 굵고 깨끗한 수건들을 의자에 걸쳐 놓았고 손닿는 거리에 **가루분**(poudre de riz, 쌀가루를 섞어 만든 화장품−옮긴이)도 하나 놓아두었다. 그는 분을 찍어 코와 뺨을 두드린 뒤 세면대 위에 달린 조그만 거울을 찬찬히 들여다보았다. 커다란 두 눈이 빛을 발했고 얼굴에서 광채가 났다.

에드나는 단장을 마치고 옆방으로 갔다. 무척 배가 고팠는데 집 안에는 아무도 없었다. 벽에 붙여놓은 식탁에는 식탁보가 깔려 있고 덮개가 씌어 있었다. 덮개를 들추니 바삭한 갈색 빵과 와인 한 병이 보였다. 에드나는 희고 단단한 치아로 빵을 뜯어 먹었다. 와인도 잔에 따라 마셨다. 그 후 슬며시 문을 열고 나가, 낮게 걸린 나뭇가지에서 오렌지를 하나 따 자신이 깬 줄 모르는 로베르에게 던졌다.

로베르는 에드나를 본 순간 얼굴이 환해지더니 오렌지나무 아래 에드나 곁으로 다가왔다.

"내가 몇 년이나 잤어요?" 에드나가 물었다. "섬 전체가 완전히 달라진 것 같아요. 새로운 종種이 탄생해서 당신과 난 이제 고대 유물이 된 건가요? 앙트안 부인과 토니가 죽은 지는 몇 년이 되었죠? 그랜드 아일에 머물던 사람들은 지상에서 영원히 사라졌나요?"

로베르가 다정하게 에드나 어깨의 주름 장식을 매만졌다.

"당신은 꼭 백 년을 잤어요. 내가 그동안 당신 곁을 지켰고요. 백 년 동안 헛간에서 책을 읽었어요. 유일하게 막을 수 없었던 재앙은 구운 닭요리가 말라비틀어지는 것뿐이었죠."

"닭이 돌이 되었다고 해도 먹을 수 있을 것 같은데요." 로베르와 함께 집안으로 들어서며 에드나가 말했다. "그나저나 파리발 씨와 다른 사람들은 진짜 어떻게 됐어요?"

"몇 시간 전에 떠났어요. 당신이 잠든 걸 알고 사람들이 깨우지 말자고 했어요. 사람들이 깨우자고 했어도 어차피 내가 말렸겠지만. 아니면 내가 여기 왜 있었겠어요?"

"레옹스가 걱정하면 어쩌죠!" 식탁에 앉으며 에드나가 말했다.

"그럴 리가요. 나하고 같이 있는 걸 알텐데요." 로베르는 화로 위에 준비해놓은 프라이팬들과 음식 접시 사이를 분주히 오가며 답했다.

"앙트안 부인과 토니는 어디 있어요?" 에드나가 물었다.

"저녁 미사 드리러 갔어요. 친구네 집에도 들를 건가 봐요. 당신이 준비가 다 되면 토니 배로 가면 돼요."

로베르가 불씨를 뒤적이자 닭고기가 다시 지글거리기 시작했다. 그는 제법 근사한 식사를 차려주고 커피를 새로 내려 에드나와 함께 먹었다. 앙트안 부인은 숭어 말고는 별다른 음식을 만들지 않았지만 에드나가 잠든 사이 로베르가 먹을 걸 찾아 섬을 샅샅이 뒤졌다. 에드나가 입맛을 되찾아 자신이 구해온 음식을 맛있게 먹는 것을 보고 로베르는 어린아이처럼 기뻐했다.

"바로 출발할까요?" 잔을 비우고 빵 부스러기들을 털어내며 에드나가 말했다.

"해가 지려면 두 시간이나 남았는데요." 그가 대답했다.

"두 시간밖에 안 남은 거잖아요."

"해가 지거나 말거나, 알 게 뭐예요!"

그들은 오렌지 나무 아래서 앙트안 부인이 돌아올 때까지 한참을 기다렸다. 부인은 뒤뚱뒤뚱 돌아와 집을 비워 미안하다고 연신 사과를 했다. 토니는 돌아오지 않았다. 그는 수줍음이 많아 어머니 말고는 그 어떤 여자와도 눈을 맞추지 못했다.

오렌지 나무 아래서 보낸 시간은 즐거웠다. 어느덧 해가

뉘엿뉘엿 지고 있었고, 서쪽 하늘은 구릿빛과 황금빛으로 불타올랐다. 잔디밭 위에서 남몰래 살금살금 움직이는 기이한 괴물들처럼 그들의 그림자가 길게 늘어졌다.

에드나와 로베르는 둘 다 바닥에 앉아 있었다. 정확히는 로베르가 에드나 옆 잔디에 누워 이따금 에드나의 모슬린 드레스 자락을 만지작거렸다.

앙트안 부인은 커다란 몸을 웅크려서 문가에 놓인 벤치에 앉았다. 오후 내내 떠들었는데도 여전히 이야기에 열을 올렸다.

부인이 얼마나 흥미로운 이야기를 들려주었던지! 부인이 셰니에르카미나다섬을 떠난 것은 꼭 두 번뿐이었고 그마저도 아주 잠깐이었다. 그 긴 시간을 이 섬에 살면서 바라타리아만 해적과 바다에 관한 온갖 전설들을 수집해왔다고 했다. 어느덧 밤이 되고 달이 밝자 에드나는 죽은 자들의 속삭임과 보물 상자 속에서 금화가 달그락거리는 소리가 귓가에 들려오는 것만 같았다.

에드나와 로베르가 커다란 빨간 돛이 달린 토니의 배에 올라탈 때 어둠 속 갈대밭에서는 신비한 정령들이 배회했고, 바다에서는 유령선들이 그들을 뒤쫓으려 속도를 내었다.

14

아델이 아이를 제 엄마에게 넘겨주며 막내 에티엔이 무척 애를 먹였다고 했다. 잠자리에 들지 않겠다고 버티며 한바탕 소란을 피워서 가까스로 진정시켰다고. 첫째 라울은 두 시간 전에 잠들었다고 했다.

에티엔은 흰 잠옷이 바닥에 끌려 아델의 손을 잡고 걸어오면서도 자꾸만 옷자락에 발이 걸려 넘어지려 했다. 아이는 통통한 주먹으로 눈을 비볐다. 졸음이 쏟아져 기분이 좋지 않은 모양이었다. 에드나는 아이를 품에 안고 흔들의자에 앉아, 아이를 어르고 달래고 온갖 애칭을 불러가며 재웠다.

9시가 조금 넘었다. 아이들 말고는 아직 아무도 잠자리에 들지 않았다.

아델이 전하기로 처음에 레옹스가 얼마나 걱정을 했는지 곧장 셰니에르로 달려갈 기세였다고 했다. 에드나가 몹시

피로해서 잠이 든 것뿐이고, 오후 늦게 토니가 데리고 올 거라고 파리발 씨가 안심시킨 덕분에 바다를 건너려는 그를 말릴 수 있었다는 것이다. 그러고 나서 레옹스는 담보, 거래, 주식, 채권 따위를 의논하기 위해 면화 중개인을 만나러 클라인 호텔로 갔는데, 아델은 그 외에 무슨 말을 했는지는 잘 기억나지 않는다고 했다. 그저 늦게까지 있을 생각은 아니라고 했단다. 아델은 소금 병과 커다란 부채를 들고 있었다. 자기도 덥고 답답해서 힘들다면서, 남편이 혼자 있는 것을 극도로 싫어하기 때문에 오늘 에드나의 곁에 있어줄 수는 없다고 했다.

에티엔이 잠들자 에드나는 아이를 방으로 데려갔고, 로베르는 아기를 침대에 편하게 눕힐 수 있도록 모기장을 들어주었다. 보모는 보이지 않았다. 별장 밖으로 나와 로베르가 에드나에게 작별 인사를 했다.

"로베르, 우리 오늘 하루 종일 같이 있었던 거 알아요? 아침 일찍부터?" 로베르와 헤어질 때 에드나가 말했다.

"당신이 잠들었던 백 년을 빼면요. 잘 자요."

로베르가 에드나의 손을 한 번 꼭 잡고는 바닷가 쪽으로 걸어갔다. 그는 다른 사람들과 어울리지 않고 혼자 걸었다.

에드나는 밖에서 남편을 기다렸다. 자고 싶지도 쉬고 싶지도 않았다. 아델 부부와 얘기하러 가고 싶지도 않았고, 별장 앞에서 사람들과 얘기하고 있는 르브룅 부인에게 가고 싶지도 않았다. 에드나는 그랜드 아일에서의 모든 시간을 되돌아보았다. 그리고 이번 여름이 여느 여름들과 왜 이렇게 다른지 알아내려 애썼다. 그렇게 해서 깨닫게 된 사실이 있다면, 현재의 자아가 과거의 자아와 어딘가 다르다는 것뿐이었다. 비록 스스로는 아직 깨닫지 못하고 있었지만 에드나는 새로운 눈으로 세상을 바라보고 있었다. 내면의 변화가 주변 세상을 새로운 빛깔로 물들이고 있었다.

에드나는 로베르가 왜 자신을 혼자 두고 떠났는지 궁금했다. 종일 함께 있어 싫증이 난 것 같진 않았다. 에드나는 피곤하지 않았고 로베르 역시 피곤해 보이지 않았는데, 그가 그렇게 가버린 게 내심 서운했다. 딱히 가야 할 이유가 없다면 로베르는 당연히 곁에 있어야 할 것만 같았다.

남편을 기다리는 동안 에드나는 멕시코만을 건너는 배에서 로베르가 흥얼거리던 노래를 낮게 흥얼거렸다. **'아, 당신이 알고 있다면'**으로 시작해 모든 소절이 **'당신이 알고 있다면'**으로 끝나는 곡이었다.

로베르의 목소리는 꾸밈이 없었다. 진솔해서 듣기 좋았다. 그 목소리가, 그 선율이, 그 후렴구가 에드나의 뇌리에 맴돌았다.

15

어느 날 저녁, 늘 그랬듯이 에드나가 조금 늦게 식당으로 들어섰을 때, 사람들의 대화에 유독 활기가 넘쳤다. 여러 명이 동시에 얘기하고 있었고 그중에서도 빅토르의 목소리가 단연 압도적이었다. 자기 어머니의 목소리보다도 클 정도였다. 에드나는 수영을 하고 서둘러 옷을 갈아입고 오느라 얼굴이 상기되어 있었다. 우아한 흰 드레스로 돋보이는 얼굴은 보기 드문 귀한 꽃과도 같았다. 에드나는 파리발 씨와 아델 사이에 앉았다.

식당에 들어서자마자 누군가 가져다놓은 수프를 먹으려는데, 몇 사람이 로베르가 멕시코에 간다는 소식을 전했다. 에드나는 스푼을 내려놓고 어리둥절한 표정으로 주위를 둘러보았다. 로베르는 오전 내내 에드나에게 책을 읽어주면서도 멕시코에 간다는 말 같은 건 한 적이 없었다. 오후에는 그를 보지 못했지만, 그가 본채 2층에 어머니와 함께 있다고 누군가 말하는 것을 듣긴 했다. 그때는 그러려니 했지만 생각해보니 오후에 바닷가에 나갈 때도 그는 에드나를 따라오지 않았었다.

에드나는 로베르를 쳐다보았다. 로베르는 대화를 주도하는 그의 어머니 옆에 앉아 있었다. 에드나는 당혹감에 멍한 표정을 지었다. 표정을 숨길 생각조차 하지 못했다. 시선을 느낀 로베르는 미소를 짓는 척하며 눈썹을 치켜올렸다. 로베르는 당황한 것 같았고 불편해 보였다. "언제 간대요?" 누구에게랄 것도 없이 에드나가 물었다. 마치 로베르가 그 자리에 없다는 듯이.

"오늘 밤!" "바로 오늘 저녁이라지 뭐예요." "누가 상상이나 했겠어요?" "대체 뭐에 꽂혀서 저러는지!" 영어와 프랑스어로 동시에 쏟아지는 대답을 에드나는 얼추 알아들었다.

"말도 안 돼!" 에드나가 소리쳤다. "무려 멕시코에 간다는 얘기를 어떻게 그렇게 갑자기 할 수가 있어요? 무슨 클라인 호텔이나 부둣가나 바닷가에 가는 것처럼?"

"멕시코에 갈 거라고 늘 얘기했잖아요. 벌써 몇 년째 얘기했어요!" 흥분한 로베르가 짜증이 난 목소리로 되받아쳤다. 마치 물려고 덤비는 벌레떼로부터 자신을 지키려는 사람 같았다.

르브룅 부인이 나이프 손잡이로 테이블을 두드렸다.

"왜 거길 가겠다는 건지, 왜 오늘 밤인지, 어디 설명이나 한번 들어보죠." 부인이 소리쳤다. "이렇게 다 같이 한꺼번에 떠들어대니 식당이 점점 정신병원 같아지네요. 가끔은, 정말 가끔은, 빅토르가 말을 못 하게 되었으면, 하고 바랄 정도라니까요. 이런 말을 하는 절 하느님이 부디 용서하시길."

그 말에 빅토르는 냉소적으로 웃었다. 그런 소망을 품고 있는 걸 알려줘서 고맙다고, 그러나 그 소원이 이루어지면 어머니가 더 많이 말할 수 있게 되는 것 말고는 다른 사람들에게 과연 어떤 이득이 있을지 모르겠다면서.

파리발 씨는 빅토르가 어렸을 때 바다 한복판에 빠뜨려 버렸어야 했다고 말했다. 그러자 빅토르는, 누구나 알다시피 대체로 꼴사나운 건 노인들이기 때문에 노인들을 내다버리는 게 더 맞지 않겠냐고 맞받아쳤다. 르브룅 부인은 살짝 신경이 날카로워졌고 로베르는 자기 동생에게 험한 말을 했다.

"별로 설명할 게 없어요, 어머니." 그렇게 말하면서도 로베르는 나름의 설명을 했다. 대체로 에드나를 쳐다보면서. 그의 설명에 따르면, 증기선을 타고 베라크루스에 가서 누굴 만나야 하는데, 그 증기선이 뉴올리언스에서 출발하는 날짜가 이러이러하고, 오늘 밤 보들레가 채소를 싣고 섬에서 나간다기에 그 참에 자기도 그편에 나가서 뉴올리언스에서 그

증기선을 타려는 것이었다.

"대체 그 모든 걸 언제 결정했지?" 파리발 씨가 물었다.

"오늘 오후에요." 살짝 짜증을 내며 로베르가 말했다.

"오늘 오후 몇 시에?" 작정을 한 듯 노인이 집요하게 캐물었다. 흡사 법정에서 범죄자를 심문하는 듯했다.

"오늘 오후 4시에요, 파리발 씨." 로베르가 거만한 표정을 지으며 높은 목소리로 대답했고, 그 모습은 에드나에게 무대 위에 선 어느 신사를 떠올리게 했다.

에드나는 수프를 거의 억지로 먹다시피 하고 **쿠르부용**(야채와 화이트와인, 향료 따위로 국물을 만든 생선요리-옮긴이)의 생선을 포크로 조금씩 뜯고 있었다.

사람들이 다 함께 멕시코 얘기를 하는 틈을 타 연인들은 이때다 싶어 자기들끼리만 흥미로운 얘기를 속삭였다. 검은 옷의 여인은 멕시코의 어느 장인에게 선물받은 묵주에 대해 얘기했다. 한 쌍을 선물 받았는데, 특별히 축성(사람이나 물건을 하느님께 바쳐 신성하게 만드는 행위-옮긴이)을 받은 묵주라고. 그러나 그 축성이 멕시코 국경을 넘어서도 효력이 있는지 모르겠다고 했다. 포셀 신부님이 설명해주었지만 흡족한 설명은 아니었다며 로베르에게 이 묵주가 이렇게 소중히 여길 만한 가치가 있는 건지 관심을 가지고 알아봐달라고 부탁했다.

아델은 로베르에게 멕시코 사람들을 상대할 땐 각별히

주의해야 한다고 말했다. 자신의 경험으로 미루어 보건대 멕시코 사람들은 웬만해선 믿지 않는 게 좋다고 했다. 아델의 눈에 그들은 부도덕하며 복수심도 강해 모두 비난받아 마땅할 정도였다. 아델이 이런 편협한 생각을 가지게 된 데에는 개인적으로 알던 멕시코 사람의 영향이 절대적이었다. 멕시코 전통 음식인 타말레를 만들어 팔던 그는 친절했고, 그의 부인도 남편을 신뢰했지만 어느 날 느닷없이 아내를 칼로 찔러 체포된 것이다. 교수형을 당했는지 어쨌는지까지는 알 수 없다고 했다.

한편 기분이 좋아진 빅토르는 어느 겨울 도피네 스트리트의 한 레스토랑에서 코코아를 내어오던 멕시코 소녀에 대해 얘기했다. 유일하게 그의 이야기에 귀를 기울이던 파리발 씨는 빅토르의 익살스러운 이야기에 자지러지듯 웃었다.

에드나는 정신없이 떠드는 사람들을 바라보면서 혹시 다들 미친 게 아닐까 생각했다. 에드나는 멕시코나 멕시코 사람에 대해 할 얘기가 하나도 없었다.

"몇 시에 떠나요?" 에드나가 로베르에게 물었다.

"10시요." 그가 말했다. "보들레가 달이 뜰 때까지 기다리자고 해서요."

"준비는 다 됐어요?"

"거의 다 됐어요. 여기선 손가방 하나만 들고 가고 남은 짐은 뉴올리언스 가서 싸려고요."

로베르는 어머니의 물음에 답하기 시작했고, 에드나는 블랙커피를 다 마시고 식탁에서 일어섰다. 그리고 곧장 방으로 돌아갔다. 바깥바람을 쐰 뒤라 작은 별장이 비좁고 답답하게 느껴졌지만, 아무래도 상관없었다. 집에는 신경 써야 할 일이 수백 가지였다. 에드나는 옆방에서 아이들을 재우고 있는 보모의 게으름을 탓하며 화장대를 정리하기 시작했다. 의자 등받이에 걸린 옷들을 걷어 서랍과 옷장에 넣었다. 좀 더 편안하고 헐렁한 옷으로 갈아입고, 평상시보다 더 공들여 머리를 빗어 매만진 후, 방으로 들어가 보모가 아이들을 재우는 것을 도왔다.

아이들은 장난치며 얘기하고 싶어할 뿐, 잘 생각은 전혀 없었다. 에드나는 보모에게 그만 가서 식사를 하라고 했다. 다시 들어오지 않아도 된다고도 말했다. 앉아서 아이들에게 이야기를 들려주었는데, 이야기가 아이들을 진정시키는커녕 오히려 잠을 쫓았다. 아이들이 결말에 대해 흥분해서 떠들자 에드나는 다음 날 밤에 마저 들려주겠다고 약속했다.

르브룅 부인이 부른다며 흑인 소녀가 에드나를 찾아왔다. 로베르가 떠날 때까지 본채에서 사람들과 얘기나 하자는 것이었다. 이미 옷을 갈아입기도 했고, 몸도 좋지 않아 나중에 가겠다고 했다. 그러나 잠시 후 마음이 바뀐 에드나는 외출복을 입으려고 **잠옷**을 벗었다. 그러다가 또 마음이 바뀌어 **잠옷**으로 다시 갈아입고선 밖으로 나가 문 앞에 앉았다. 너무 덥고 짜증이 나서 한참 동안 부채질을 했다. 무슨 일인지 살 피러 아델이 내려왔다.

"식사 시간에 너무 시끄럽고 혼란스러워서 좀 불편했나 봐요." 에드나가 대답했다. "난 충격받거나 놀라는 걸 참 싫 어하거든요. 로베르가 이렇게 갑자기 떠난다니, 정말 기가 막혀요. 마치 거기 못 가면 죽기라고 할 것처럼! 오전에 나하 고 같이 있을 때는 그런 얘기 한마디도 안 했다고요."

"그러게요." 아델도 맞장구쳤다. "우리 모두한테, 특히 당신한테 배려가 전혀 없었던 거죠. 다른 사람이었다면 이렇 게까지 놀라진 않았을 거예요. 그 집안사람들이 워낙 튀는 행동을 잘 하는 건 사실이지만, 로베르가 그럴 줄은 정말 몰 랐어요. 같이 안 갈래요? 그러지 말고 가요. 너무 무심해 보 이잖아요."

"안 가요." 에드나가 조금 퉁명스럽게 말했다. "다시 옷 갈아입기도 귀찮고, 그러고 싶지도 않아요."

"옷 갈아입을 필요 없어요. 그대로 가도 괜찮아요. 벨트 로 허리나 좀 조이면 돼죠. 날 봐요!"

"싫어요." 에드나는 굽히지 않았다. "그래도 아델 당신은 가요. 우리 둘 다 안 가면 르브룅 부인이 서운해할 테니까."

아델은 에드나에게 밤 인사를 하고 멀어졌다. 사실 아델은 여전히 한창인 멕시코 얘기에 동참하고 싶었다.

그러고 얼마 후, 로베르가 가방을 들고 왔다.

"몸이 안 좋아요?" 그가 물었다.

"괜찮아요. 바로 떠나는 거예요?"

그는 성냥불을 켜고 손목시계를 봤다. "20분 뒤에요." 잠깐 타올랐던 성냥불 때문에 한동안 어둠이 더 짙게 느껴졌다. 로베르는 아이들이 테라스에 남겨둔 간이 의자에 앉았다.

"의자 가져와요." 에드나가 말했다.

"이거면 됐어요." 그는 보드라운 모자를 썼다가 초조한 듯 다시 벗고, 손수건으로 얼굴을 닦으며 날씨가 너무 덥다고 투덜거렸다.

"부채 받아요." 부채를 내밀며 에드나가 말했다.

"아, 고맙지만 괜찮아요. 부채질해봐야 별 도움 안 돼요. 하다가 멈추면 괜히 더 불쾌해지거든요."

"남자들은 항상 그렇게 말하더라. 부채질에 대해 그렇게 말하지 않는 남자는 본 적이 없는 것 같아요. 언제 돌아와요?"

"어쩌면 영영 안 돌아올 수도 있어요. 잘 모르겠어요, 상황을 좀 봐야죠."

"그래도 만약 언젠가 돌아온다면 말이에요."

"모르겠어요."

"정말 너무 심하네요. 난 도저히 이해가 안 가요. 오늘 아침 내내 한마디 언질도 없이 입 다물고 있었던 이유가 대체 뭔지 모르겠어요."

로베르는 변명도 하지 않고 잠자코 있었다. 그리고 잠시 후 이렇게만 말했다.

"우리 나쁜 마음으로 헤어지지 말아요. 전엔 한번도 나한테 화낸 적 없었잖아요."

"나도 나쁜 마음으로 헤어지기 싫어요." 에드나가 말했다. "아니 정말 모르겠어요? 나는 당신을 보는 것에 익숙해졌고, 당신이 곁에 있는 것에 익숙해졌어요. 나한테 이러는 건 너무 냉정하고, 잔인하게 느껴져요. 그런데 당신은 변명조차 하지 않네요. 난 우리가 계속 함께 있을 줄 알았어요. 내년 겨울 뉴올리언스에서 당신을 만나면 얼마나 즐거울까 그런 생각하고 있었다고요."

"나도 그랬어요." 그가 불쑥 내뱉었다. "어쩌면 그래서 더⋯⋯." 로베르가 벌떡 일어서더니 한 손을 내밀었다. "잘 있어요, 에드나. 잘 있어요. 부디 날⋯⋯ 완전히 잊진 말아요."

에드나는 어떻게든 로베르를 붙잡으려고 그의 손을 꽉

잡았다.

"도착하면 편지할 거죠, 로베르?" 애원하듯 물었다.

"그럴게요. 고마워요. 잘 있어요."

이토록 로베르답지 않을 수 있다니! 얼굴만 알고 지내는 사이였어도 '그럴게요. 고마워요. 잘 있어요.'보다는 더 따뜻한 대답을 해주었을 것이다.

그길로 계단을 내려가, 어깨에 노를 멘 채 기다리고 있던 보들레에게 가는 것을 보면 본채 사람들과는 이미 작별인사를 다 나눈 모양이었다. 두 사람이 어둠 속으로 사라졌다. 보들레의 목소리만 들려왔다. 로베르는 동행 보들레에게도 인사는커녕 아무 말도 건네지 않았다. 에드나는 손수건을 힘껏 깨물며 갈기갈기 찢기는 듯한 이 괴로운 감정을 다른 사람에게는 물론이고 심지어 자기 자신에게도 감추려 애썼다. 눈물이 차올랐다.

그 순간 에드나는 자신이 지금 어린 시절, 10대 초, 젊었던 지난 시절 경험했던 사랑의 열병을 앓고 있음을 처음으로 깨달았다. 하지만 그러한 깨달음조차 이 상황에는 하나도 도움이 되지 않았다. 고통과 불안을 조금도 줄여주지 않았다. 과거는 아무 의미도 없었다. 과거는 마음에 새길 만한 그 어떤 교훈도 남겨주지 않았다. 미래 역시 미지의 것이었다. 에드나는 미래를 꿰뚫어 보고 싶지 않았다. 오직 현재만이 중요했다. 현재만이 자신의 것이었고, 현재만이 자신에게 고통을 주었다. 에드나는 지금 자신의 것이었던 무언가를 잃었고, 새롭게 눈뜬 열정적 자아가 원하는 것을 거부당했다.

16

"친구가 많이 그리운가요?"

어느 날 아침, 라이스가 에드나 뒤로 다가서며 물었다. 에드나는 이제 막 별장을 나서 바닷가 쪽으로 걷고 있던 참이었다. 마침내 수영을 할 줄 알게 된 에드나는 물속에서 많은 시간을 보냈다. 그랜드 아일에서의 휴가도 거의 끝나갈 무렵이라 유일한 낙인 수영을 최대한 많이 하고 싶었다. 라이스가 다가와 어깨를 건드리며 그렇게 말을 건 순간, 에드나는 라이스가 자신의 마음이나 자신을 지배한 감정을 그대로 말해주는 것만 같았다.

로베르가 떠나니 온 세상의 빛과 색, 의미가 사라져버린 듯했다. 에드나의 생활은 달라진 게 없었지만 더 이상 입을 수 없게 된 낡은 옷처럼 삶이 칙칙해졌다. 그는 어디에서든 로베르의 흔적을 찾으려 했다. 사람들과 대화할 때면 로베르 이야기로 대화를 유도했다. 아침이면 르브룅 부인의 방에 가서 낡은 재봉틀 소리를 견뎠고, 로베르가 그랬던 것처럼 그 방에서 간간이 부인과 대화를 나누었다. 벽에 걸린 그림과 사진을 둘러보다가 방 한구석에서 르브룅 가족의 앨범을 찾기도 했는데, 그럴 때면 에드나는 앨범을 찬찬히 훑어보면서 르브룅 부인에게 사진 속 얼굴들이 누구인지 알려달라고 했다.

르브룅 부인이 아기였던 로베르를 무릎 위에 앉히고 찍은 사진이 있었다. 통통한 얼굴의 로베르는 주먹을 입에 넣고 있었다. 눈만 지금 모습 그대로였다. 킬트를 입고 긴 곱슬머리 가발을 쓴 채 채찍을 들고 있는 다섯 살 때 사진도 있었다. 에드나는 그 사진을 보고 웃음을 터뜨렸다. 처음으로 긴 바지를 입고 찍은 사진을 보고도 웃었다. 그것말고도 관심이 가는 사진이 있었다. 그가 대학으로 떠나면서 찍은 사진이었다. 가냘픈 몸에 시큰둥한 표정이었지만, 눈빛만은 야망과 원대한 꿈으로 불타고 있었다. 그러나 닷새 전 쓸쓸한 빈자리를 남기고 떠난 로베르의 모습이 담긴 최근 사진은 없었다.

"자기가 돈을 내야 하는 나이가 되니 사진을 안 찍더라고요. 더 좋은 데 쓰겠다면서." 르브룅 부인은 설명했다. 에드나가 로베르의 편지가 보고 싶다고 하자 부인은 테이블이나 화장대, 아니면 벽난로 위에 있을 거라고 말해주었다.

편지는 책장 위에 있었다. 에드나의 모든 관심이 그 편지로 쏠렸다. 봉투, 크기와 모양, 소인, 필체까지 전부 에드나의 마음을 끌어당겼다. 겉봉투를 찬찬히 살펴보다가 편지를 펼쳤다. 몇 줄 밖에 안 되는 내용이었다. 그날 오후 뉴올리언스에서 출발한다며, 짐은 잘 챙겼다는 소식이었다. 자기는 잘 있으니 그곳에 있는 모두에게 자신의 마음과 안부를 전해달라고 했다. 혹시 에드나가 자신이 읽어주던 책을 끝까지 읽고 싶어 하거든, 테이블 위 다른 책들 사이에 그 책이 있을 거라는 말도 있었다. 에드나에게 전하는 메시지는 그게 전부였다. 자신이 아닌 어머니에게만 편지를 썼다는 사실에 에드나는 가슴이 미어질 만큼 질투가 났다.

에드나가 로베르를 그리워하는 것을 모두가 당연하게 여겼다. 로베르가 떠난 뒤 첫 토요일에 돌아온 남편마저도 로베르가 없는 것을 아쉬워했다.

"당신 로베르 없이 어떻게 지내?" 그가 물었다.

"로베르가 없으니 너무 따분하네." 에드나도 인정했다.

그는 뉴올리언스에서 로베르를 만났다고 했다. 그 말에 에드나는 수십 가지 질문을 쏟아냈다.

어디서 만났어? 카롱들레 스트리트에서, 아침에. '안에' 들어가서 술을 한잔하고 담배를 피웠지. 무슨 얘기 했어? 멕시코에서 벌일 사업 얘기를 주로 했지. 내 생각에도 전망이 좋아 보이더군. 안색이 어때? 슬퍼 보여? 아니면 즐거워 보여? 여행할 생각에 완전히 들떠 있던데. 젊은 친구가 신기하고 낯선 나라에서 돈도 벌고 여러 경험을 하게 될 테니 당연히 그러겠지.

에드나는 초조하게 발을 굴렀다. 보모는 왜 또 나무 그늘이 아닌 땡볕에서 아이들을 놀게 하는 건지, 에드나는 밖으로 나가 아이들을 그늘로 데려갔고 좀 더 신경을 써달라고 보모를 다그쳤다.

에드나는 자신이 로베르 얘기를 하려거나 남편이 로베르 얘기를 하도록 유도하는 게 이상하다고 생각하지 않았다. 로베르에 대한 감정은 남편에 대한 감정과는 달랐다. 예전에 느꼈던 감정과도, 앞으로 느낄 거라고 기대하는 감정과도 전혀 달랐다. 에드나는 온갖 생각이나 감정들을 혼자 품고 있는 것에 익숙했고 결코 그 감정을 입 밖으로 꺼내 표현하지 않았다. 그렇게 하기가 힘들었던 적은 없었다. 그 감정들은 에드나가 지닌, 오직 에드나의 것이었다. 그 감정들에 대한 권리도 그에게 있었으며 누구도 아닌 오직 자기만이 느끼는 것이라고 확신했다. 언젠가 에드나는 아델에게 말한 적이 있었다. 아이들을 위해서, 아니 그 누굴 위해서라도, 나 자신을 포기하진 않겠다고. 그 뒤로 사뭇 열띤 토론이 이어졌다. 두 여인은 서로를 이해하지 못하는 것 같았고 마치 다른 언어를 쓰는 것 같았다. 에드나는 아델을 진정시키고 자신의 생각을 설명하려 노력했다.

"본질적이지 않은 것들은 포기할 수 있어요. 아이들에게 돈을 줄 수도 있고 나의 목숨을 내놓을 수도 있어요. 하지만 나 자신을 내어주진 않을 거예요. 이것보다 더 명료하게 설명할 수가 없네요. 사실 나도 이제 막 이해하기 시작한 개념이거든요. 이제야 깨닫게 되었어요."

"당신이 '본질적'이라고 말하는 것들은 무엇이고, 또 '본질적이지 않은' 것들은 무엇인지 난 모르겠어요." 아델이 쾌활한 목소리로 말했다. "하지만 여자가 자신의 아이들을 위해 목숨을 바치는 것보다 더 훌륭한 일이 있을까요? 성경에도 그렇게 나와 있잖아요. 난 그게 내가 할 수 있는 가장 훌륭한 일이라고 생각해요."

"아, 아델이라면 그럴 수 있을 거예요!" 에드나가 웃었다.

그날 아침 바닷가에 나가는 길에 라이스가 다가와 어깨를 두드리며 로베르가 그립지 않냐고 물었을 때, 에드나는 그리 놀라지 않았다.

"왔군요! 좋은 아침이에요! 물론 로베르가 그립죠. 라이스도 바다에 들어가려고요?"

"여름 내내 안 들어갔는데 여름이 다 끝난 지금 내가 들어가겠어요?" 라이스는 퉁명스럽게 말했다.

"미안해요." 라이스가 물을 싫어한다는 얘기를 여러 번 들었는데도 그걸 기억하지 못했다는 사실에 에드나는 조금 당황해 그렇게 말했다. 가발이나 머리에 꽂은 제비꽃 장식이 젖을까 봐 그런다는 사람도 있었고, 예술적 성향을 타고난 사람들은 본래 물을 싫어한다고 말하는 사람도 있었다. 라이스는 자신이 화가 나지 않았다는 걸 보여주려고 초콜릿이 든 봉지를 주머니에서 꺼내 에드나에게 건넸다. 라이스는 체력을 유지하기 위해 습관적으로 초콜릿을 먹었다. 작아도 영양소는 풍부하게 들어 있다면서, 초콜릿 덕분에 자기가 굶어 죽지 않았다고 했다. 그러면서 그는 르브렁 부인이 내놓는 음식은 정말이지 너무 형편없다며 그런 음식으로 돈을 받다니 뻔뻔하기 이를 데 없는 사람이라고 했다.

"아들이 없어서 무척 외로울 거예요." 화제를 돌려보려고 에드나가 말했다. "가장 좋아하는 아들이잖아요. 그런 아들을 떠나보내려니 무척 힘들었겠죠."

"가장 좋아하는 아들이라고요? 세상에! 대체 누가 그런 말도 안 되는 얘기를 하던가요? 에일린 르브렁은 빅토르만 바라보고 사는 여자예요. 오직 빅토르만. 그래서 빅토르를 그렇게 몹쓸 인간으로 키운 거예요. 빅토르를 받들어 모시고, 그가 밟고 지나간 땅도 숭배할 정도죠. 로베르는 착한 아들이예요. 자기 몫은 아주 조금만 남겨놓고, 번 돈을 전부 다 내놓잖아요. 가장 좋아하는 아들이 로베르라니, 당치도 않은 소리! 나도 그 가엾은 친구가 너무 그리워요, 에드나. 로베르가 보고 싶고 멕시코 이야기도 듣고 싶어요. 로베르야말로 르브룅 집안에서 소금 한 톨의 가치라도 있는 유일한 사람이니까요. 뉴올리언스에서 로베르가 자주 날 찾아오는데 난 그를 위해 연주하는 게 좋아요. 빅토르 그 인간은! 교수형에 처해도 시원찮을 인간이에요. 로베르가 일찌감치 그를 때려죽이지 않은 게 놀라울 정도라니까요."

"동생을 참아주는 게 대단하군요." 에드나가 말했다. 무슨 얘기든 로베르에 관한 얘기를 할 수 있어서 그저 좋았다.

"아! 일이 년 전쯤 로베르가 동생을 흠씬 두들겨 팬 적이 있어요." 라이스가 말했다. "어느 스페인 여자 때문이었는데, 빅토르는 그 애가 자기 여자라고 생각했어요. 그러던 어느 날 로베르가 그 여자와 얘기를 나누고, 산책이랑 수영도 하고, 바구니를 들어주는 걸 빅토르가 본 거예요. 정확히 기억이 나진 않지만, 빅토르가 형을 모욕하고 폭언을 퍼부어서 로베르가 그 자리에서 바로 빅토르를 두들겨 팼어요. 그랬더니 한동안은 잠잠하더라고요. 이제 또 한번 얻어맞을 때가 된 것 같아요."

"그 여자애 이름이 마리키타였나요?" 에드나가 물었다.

"네, 맞아요, 마리키타. 잊고 있었네요. 아주 교활하고 못 돼먹은 애였어요. 마리키타인지 뭔지 하는 그 애." 자신이 라이스의 독설을 이렇게 오래 들어줄 수 있다니 에드나는 새삼 놀랐다.

에드나는 왠지 문득 울적하고 슬퍼지려 했다. 그래서 오늘은 바다에 들어갈 생각이 없었는데도 수영복으로 갈아입었다. 어린이용 텐트에 라이스를 홀로 남겨두고 바다로 걸어 들어갔다. 여름이 저물어가니 물이 차가워졌다. 에드나는 물에 뛰어들어 아무 생각 없이 수영을 하며 전율을 느꼈고, 그러다 보니 차츰 기운이 났다. 긴 시간을 물속에 머물면서 내심 라이스가 자신을 기다리지 말고 돌아가주었으면 했다.

그러나 라이스는 에드나를 기다렸고, 돌아가는 길에 무척 상냥하게 굴며 에드나의 수영복 자태도 칭찬했다. 그는 에드나를 섬 밖에서도 만나고 싶다고 주머니에서 연필을 꺼내 종이쪽지에 자신의 주소를 적어주었다.

"언제 떠나요?" 에드나가 물었다.

"다음 주 월요일에요. 당신은요?"

"그다음 주요." 에드나는 대답을 마치고 덧붙였다. "정말 멋진 여름이었죠?"

"글쎄요." 라이스는 어깨를 으쓱했다. "모기들하고 파리 떼 쌍둥이만 빼면, 그런대로 괜찮았죠."

17

퐁틀리에 가족은 뉴올리언스 에스플러네이드 스트리트에 위치한 근사한 저택에 살고 있었다. 두 채를 이어 붙인 모양의 커다란 집으로, 널찍한 베란다에는 세로 홈이 새겨진 둥근 기둥들이 경사진 지붕을 떠받치고 있었으며 건물은 눈부신 흰색, 여닫는 덧창이나 블라인드는 초록색이었다. 정성스레 가꾼 정원에 사우스 루이지애나에서 번성하는 온갖 꽃과 풀 들이 무성하게 자랐다. 실내의 모든 소품은 전통적인 느낌을 고스란히 살린 것들이었다. 바닥에는 보드라운 카펫과 러그가 깔려 있었고, 창문과 문에는 모두 화려하고 고급스러운 커튼이, 벽에는 남다른 안목으로 고른 그림들이 걸려 있었다. 매일 식탁에 오르는 컷글라스(칼로 모양을 새겨넣은 유리그릇—옮긴이)와 은 식기, 투툼한 다마스크 식탁보는 퐁틀리에 씨만큼 여유 있는 남편을 두지 못한 수많은 여자들의 부러움을 샀다.

퐁틀리에 씨는 집안 곳곳을 세심하게 살피며 부족한 게 없는지 확인했다. 그는 물건에 대한 애착이 대단했다. 무엇보다 그 모든 게 자신의 것이기 때문이었고, 그림, 동상, 희귀한 레이스 커튼 등 집 안에 사들여놓은 것들을 감상하며 진정한 즐거움을 느끼기 때문이었다.

매주 화요일은 에드나가 손님을 접대하는 날이었다. 화요일 오후가 되면 손님들이 줄을 이었다. 손님들은 주로 마차와 전차를 타고 왔고, 날씨가 좋고 거리가 멀지 않으면 걸어오기도 했다. 정장을 입은 혼혈 소년이 은으로 된 조그만 트레이를 들고 손님들을 맞이하며 명함을 받았고, 흰색 주름 모자를 쓴 소녀가 손님들의 기호에 따라 술이나 커피, 코코아를 대접했다. 에드나도 근사한 드레스를 입고 오후 내내 손님을 맞았다. 늦은 밤에 함께 찾아오는 부부도 종종 있었다.

화요일 행사는 6년 전 두 사람이 결혼하고 며칠 뒤부터 퐁틀리에 씨가 고수해온 규칙이었다. 주중의 다른 요일 저녁에는 함께 오페라나 연극을 관람하기도 했다.

퐁틀리에 씨는 아침 9시에서 10시 사이에 집을 나서 저녁 6시 반이나 7시 사이에 돌아왔다. 저녁은 7시 반쯤에 먹었다.

그랜드 아일에서 돌아온 지 몇 주가 지난 어느 화요일, 그들은 단둘이 식탁에 앉아 있었다. 두 아들은 벌써 잠자리에 들 준비를 하고 있었다. 아이들이 맨발로 도망치는 소리가 수시로 들렸고, 그런 아이들을 부드럽게 타이르거나 애원하느라 살짝 높아진 보모의 목소리도 들렸다. 에드나는 화요일마다 입는 손님맞이용 드레스가 아닌 평상복 차림이었다. 눈치 빠른 퐁틀리에 씨는 수프를 던 다음 시중드는 소년에게 수프 그릇을 돌려주면서 그 사실을 알아차렸다.

"에드나, 당신 피곤해? 오늘은 누가 왔었지? 손님이 많았어?" 그가 물었다. 그는 수프를 맛보고 후추, 소금, 식초, 겨자 등 손닿는 거리에 있는 것들을 전부 넣었다.

"꽤 많이 왔어." 만족스러운 표정으로 수프를 먹으며 에드나가 대답했다. "집에 와서 명함을 보니까 그렇더라고. 난 외출했었어."

"외출이라니!" 실망한 기색이 역력한 목소리로 남편이 소리쳤다. 그는 식초병을 내려놓고 안경 너머로 에드나를 쳐다보며 말했다. "대체 화요일에 왜 나간 거야? 무슨 할 일이 있었지?"

"아무것도. 그냥 나가고 싶어서 나갔어."

"그래도 손님들이 납득할 만한 설명은 남겨놓고 나간 거지?" 남편이 조금 누그러든 목소리로 말하며 수프에 고춧가

루를 뿌렸다.

"아니, 남기지 않았어. 조에게 그냥 내가 나갔다고만 말하라고 했어."

"여보, 그렇게 처신해서는 안 된다는 건 이제 알 때도 되지 않았어? 우리가 이 사회에서 뒤처지지 않고 성공하려면 **예의범절**에 맞게 행동해야 해. 오늘 오후에 당신이 외출하고 싶었다면, 당신이 집을 비우는 이유를 적절히 설명했어야지. 그나저나 이 수프 도저히 먹을 수가 없네. 어떻게 된 여자가 수프 하나 제대로 끓일 줄을 모르는지. 무료 급식소에서 나오는 수프도 이것보단 낫겠어. 벨스로프 부인도 왔어?"

"조, 명함 트레이 좀 가져다줄래. 누가 왔었는지 난 기억 안 나."

소년은 잠시 자리를 비웠다가 명함이 가득 든 은으로 된 조그만 은 트레이를 들고 돌아왔다. 소년이 에드나에게 트레이를 내밀었다.

"퐁틀리에 씨에게 줘." 에드나가 말했다.

조는 퐁틀리에 씨에게 그걸 건네고 수프 그릇을 치웠다.

그는 방문객들의 명단을 훑어보면서 그중 몇 명의 이름을 소리 내어 말하며 설명을 덧붙였다.

"'들라시다 자매'. 오늘 아침 이 자매의 아버지와 대규모 선물先物 계약을 체결했어. 착한 딸들이야. 이제 결혼할 때가 되었지. '벨스로프 부인'. 잘 들어, 에드나. 벨스로프 부인은 절대 함부로 대해선 안 돼. 부인의 남편은 나와 열 번 이상 거래할 사람이야. 이 사람이 하는 사업이 나한테 큰 이윤을 남겨주거든. 이 부인에게는 아무래도 편지를 쓰는 게 좋겠어. '제임스 하이캠프 부인.' 이런! 이 사람은 거리를 둘수록 좋아. '라포르세 부인', 캐롤튼에서 그 먼 거리를 오셨네. 딱하기도 하지. '윅스 양', '엘리너 볼턴스 부인.'" 퐁틀리에 씨가 명함들을 한옆으로 밀어놓았다.

"참나!" 화가 끓어오르는 것을 느끼며 에드나가 소리쳤다. "별것도 아닌 일 가지고 왜 그렇게 호들갑을 떨어?"

"호들갑 떠는 게 아니야. 별것 아닌 것 같지만 우습게 생각해선 안 돼. 이런 것들이야말로 정말 중요한 거라고."

생선이 탔다. 퐁틀리에 씨는 탄 생선은 건드리지도 않으려 했다. 에드나는 살짝 탄 것쯤은 괜찮다고 했지만 그는 스테이크도 어딘가 마음에 안 들었고 채소 조리 방식도 마음에 들지 않았다.

"난 말이야." 그가 말했다. "하루에 한 끼 정도는 제대로 차려진 밥을 먹으면서 남자로서 자존심을 지킬 정도는 되는 사람이라고 생각해. 그만큼 생활비를 넉넉하게 주고 있으니까."

"언제는 또 요리사가 우리 집 보물이라면서." 에드나가 심드렁하게 말했다.

"처음 왔을 땐 그랬지. 하지만 요리사도 사람이야. 누군가 감독을 해야 한다고. 우리가 고용하는 사람들 모두가 그렇듯이. 내가 내 사무실에서 일하는 직원들을 지켜보지 않고 제멋대로 하도록 내버려 둔다고 생각해봐. 얼마 못 가서 나도 사업도 작살나고 말걸."

"어디 가려고?" 식탁에서 일어서는 남편을 바라보며 에드나가 물었다. 그는 양념을 잔뜩 뿌린 수프를 조금 먹은 것 말고는 거의 먹은 게 없었다.

"저녁은 클럽에서 먹으려고. 잘 자." 그는 거실로 나가 모자를 쓰고 그는 지팡이를 챙겨 집을 나섰다.

에드나는 이런 상황에 어느 정도 익숙했다. 이럴 때마다 무척 속이 상했다. 완전히 식욕을 잃은 적도 있고, 뒤늦게 주방으로 가서 요리사를 나무란 적도 있었다. 한번은 방에 가서 저녁 내내 요리책을 보며 일주일 식단을 짜보기도 했다. 하지만 그래봐야 결국 자신이 아무짝에도 쓸모없는 인간이라는 생각에 괴로울 뿐이었다. 그날 저녁 에드나는 일부러 혼자 식사를 끝까지 마쳤다. 얼굴은 벌겋게 달아올랐고 속에서 타오른 불길이 두 눈에서 이글거렸다. 식사를 마친 뒤 에드나는 방으로 가 혹시 손님이 오면 몸이 좋지 않다고 말하라고 조에게 일러두었다.

가사도우미가 흐릿하게 밝혀둔 등불 아래, 크고 근사한 방은 그림처럼 아름다웠다. 에드나는 열린 창문으로 다가가 수풀이 빼곡하게 우거진 정원을 내려다보았다. 밤의 모든 신비와 마법이 저 꽃과 풀의 향기 속에, 저 흐릿하고 구불구불한 윤곽 속에 응축된 것 같았다. 에드나는 자기 심경 같은 그 달콤한 미완의 어둠 속에서 자신을 찾고 또 찾았다. 그러나 어둠과 하늘의 별들에게서 들려오는 목소리는 위로를 주지 않았다. 오히려 야유하는 것 같았고, 그 어떤 기약도 희망도 없는 구슬픈 노래처럼 들렸다. 에드나는 다시 방으로 돌아가 이 끝에서 저 끝으로 쉴 새 없이 서성거렸고, 일순간 들고 있던 얇은 손수건을 갈기갈기 찢어 동그랗게 뭉쳐 휙 던져 버렸다. 그러고는 걸음을 멈추고 결혼반지를 손에서 빼 카펫에 내동댕이쳤다. 바닥에 떨어진 반지를 발꿈치로 짓밟아 으스러뜨리려 했지만 실내화의 조그만 뒤축으로는 어림도 없었다. 작고 반짝이는 그 물건에 흠집 하나 낼 수 없었다.

갑자기 화가 치밀어 오른 에드나는 테이블 위에 있던 유리 꽃병을 집어 들어 벽난로 타일에 던졌다. 뭐든 부수고 싶었다. 쿵 부딪치고 쨍그랑 깨지는 소리를 듣고 싶었다.

유리 깨지는 소리에 놀란 가사도우미가 무슨 일인지 보려고 방으로 들어왔다.

"꽃병이 벽난로에서 떨어졌어." 에드나가 말했다. "괜찮아, 아침까지 내버려 둬."

"그러다가 발에 유리가 박히기라도 하면 어쩌시려고요!"젊은 가사도우미가 카펫 위에 흩어진 유리 조각들을 주워모으며 말했다. "반지가 떨어졌네요. 저기 의자 밑에요."

에드나는 반지를 받아서 다시 손가락에 끼웠다.

18

다음 날 아침, 퐁틀리에 씨는 서재에 들일 새 가구를 보러 갈 겸 시내에서 만나는 게 어떻겠냐고 출근을 하며 에드나에게 물었다.

"새 가구는 필요하지 않아, 레옹스. 새 물건은 들이지 말자. 당신은 씀씀이가 너무 헤퍼. 돈을 모을 생각은 전혀 안 하는 거 같아."

"여보, 부자가 되려면 돈을 모을 게 아니라 벌어야 하는 거야." 아내가 새 가구를 고르러 갈 생각이 없다는 게 내심 아쉬웠다. 그는 아내에게 입 맞추며 안색이 좋지 않으니 푹 쉬라고 말했다. 에드나는 유난히 낯빛이 창백했고 말수도 적었다.

남편이 집을 나서는 길에 베란다에 서 있던 에드나는 격자 울타리를 타고 자라는 재스민 몇 송이를 아무 생각 없이 꺾었다. 꽃향기를 들이마신 뒤 흰 실내 드레스의 가슴에 꽂아두었다. 아이들은 담장 안쪽 보도에서 벽돌과 나무토막을 가득 실은 자그만 '특급 마차'를 끌며 놀고 있었다. 보모는 활기차고 민첩한 시늉을 하며 잰걸음으로 아이들을 좇아다녔다. 거리에서는 과일 장수가 큰 소리로 과일을 팔고 있었다.

에드나는 생각에 잠긴 얼굴로 빤히 앞을 쳐다보고 있었다. 주변에서 일어나는 그 어떤 일에도 관심이 없었다. 거리, 아이들, 과일 장수, 눈앞에서 자라는 꽃들, 그 모든 것이 갑자기 자신에게 적대적으로 변한 낯선 세계의 일부처럼 보였다.

에드나는 다시 집 안으로 들어갔다. 요리사에게 전날 밤의 실수를 따져 물어야 했지만 그 불편한 일은 남편이 대신 해주고 나갔다. 에드나는 그런 일에 영 소질이 없었다.

퐁틀리에 씨의 말은 일하는 사람들에게 잘 먹혔다. 그래서 그는 당장 오늘 저녁은 물론이고 앞으로 며칠은 제대로 된 저녁식사를 할 수 있을 거라고 확신하며 집을 나섰다.

에드나는 예전에 그렸던 그림들을 훑어보며 한두 시간을 보냈다. 그림의 부족한 점들이 눈에 들어와 손을 볼까도 생각했지만 그럴 기분은 아니었다. 결국 그나마 괜찮아 보이는 스케치를 몇 점 골라 얼마 후 그걸 챙겨들고 집을 나섰다. 외출복을 입은 에드나는 눈에 띄게 아름다웠다. 바다에서 그을린 흔적도 어느덧 사라졌고 황갈색의 풍성한 머리카락 아래 이마는 희고 매끄러웠다. 얼굴에는 주근깨가 조금 있었고, 입술 아래와 머리카락에 반쯤 가려진 관자놀이에 점이 하나 있었다.

길을 걷는 동안 에드나는 로베르를 생각했다. 에드나는 여전히 사랑의 열병을 앓고 있었다. 생각해봐야 무슨 소용인가 싶어 잊으려고도 해봤지만, 그에 대한 생각은 강박처럼 에드나를 짓눌렀다. 두 사람이 함께했던 소소한 일들을 하나하나 떠올리는 것도 아니었고, 별다른 방식으로 그의 성격을 떠올리는 것도 아니었다. 그저 그의 존재 자체가 에드나의 머릿속을 지배했다. 때로는 망각의 안개 속에 녹아버린 듯 희미해졌다가도 이내 강렬하게 되살아나 알 수 없는 갈망에 휩싸이게 했다.

에드나는 아델의 집에 가는 길이었다. 그랜드 아일에서부터 계속 친분을 이어온 그들은 도시로 돌아온 뒤에도 자주 만났다. 아델의 집은 에드나의 집에서 그리 멀지 않은 골목 모퉁이에 있었다. 거기에서 아델의 남편 라티뇰 씨는 꽤 장사가 잘 되는 약국을 운영하고 있었다. 아버지가 운영하던 약국을 물려받은 라티뇰 씨는 지역사회에서 입지가 탄탄한 데다 성실하고 두뇌가 명석한 사람이라는 평판을 이어가고 있었다. 그들 가족은 약국 위층의 널찍한 집에 살았는데 마차가 드나드는 **대문**으로 들어가면 측면에 출입문이 있었다. 에드나는 그들이 사는 방식이 어딘가 프랑스식이고 이국적이라고 생각했다. 그들은 집을 가로지르는 널찍하고 쾌적한 응접실에서 2주에 한 번 친구들을 불러 **밤의 음악회**를 열었고 때로는 카드놀이로 기분전환을 했다. 그 친구들 중에는 첼로를 연주하는 사람도 있고 플루트나 바이올린을 들고 오는 사람도 있었다. 노래를 부르거나, 저마다의 취향이나 실력으로 피아노 연주를 하는 사람들도 있었다. 라티뇰의 **음악회**는 소문이 자자해서 사람들은 그들에게 초대받는 것을 특권으로 여겼다.

에드나가 찾아갔을 때 아델은 오전에 세탁소에서 배달된 옷들을 정리하고 있었다. 에드나를 보자마자 아델은 곧장하던 일을 멈추고 그를 반겼다.

"이 일은 시테도 나만큼 잘해요. 사실 시테가 해야 할 일이죠." 방해해서 미안하다는 에드나의 말에 아델이 답했다. 아델은 흑인 소녀를 불러 옷 목록을 건네고는 꼼꼼히 확인하라고 프랑스어로 지시했다. 지난주에 빠져 있었던 라티뇰 씨의 고급 리넨 손수건이 있는지 특별히 주의를 기울이라고 했다. 그리고 꿰매거나 수선해야 하는 옷들은 따로 모아두라고도 했다.

아델이 한 팔로 에드나의 허리를 감고 저택 정면의 응접실로 안내했다. 그곳은 시원했고 벽난로 위 꽃병에 꽂힌 아름다운 장미의 향기가 가득했다.

아델은 집에 있을 때 그 어디에서보다 더 아름다웠다. 그는 팔을 거의 다 내놓고 흰 목의 매혹적인 곡선이 드러나는 실내 드레스를 입고 있었다.

"언젠가 아델을 한번 그려보고 싶어요." 자리에 앉자 에드나가 미소를 지으며 말했다. 에드나는 들고 온 그림들을 펼쳐놓았다. "다시 그림을 그려보려고요. 무슨 일이든 해야할 것 같아요. 이 그림들 어때요? 다시 그림을 시작해서 좀더 공부해볼 가치가 있을까요? 당분간 레드포르 씨에게 지도를 좀 받아볼 생각이에요."

아델의 의견은 사실 그리 중요하지 않았다. 에드나는 이미 결정을 내렸을 뿐더러 마음을 단단히 굳혔다. 다만 과감히 시작할 수 있도록 칭찬과 격려의 말을 듣고 싶었다.

"정말 엄청난 재능을 가졌네요!"

"무슨 그런 말씀을!" 에드나는 속으로 기쁘면서도 아델의 말을 부정했다.

"분명히 말하는데, 이건 정말 엄청난 재능이에요." 그림을 한 장씩 살펴보며 아델이 말했다. 가까이 들여다보았다가 팔을 뻗어 멀리서 보았다가, 눈을 가늘게 떴다가, 고개를 갸우뚱댔다. "바이에른 농부 그림은 액자에 넣어도 손색이 없겠어요. 이 사과 바구니 좀 봐요! 이것보다 더 사실적인 그림은 본 적이 없어요. 손을 뻗어서 사과를 하나 집어 들고 싶네요!"

에드나는 자신의 그림이 어느 정도 수준인지 알고 있으면서도 어쩔 수 없이 친구의 칭찬에 벅찬 감정이 밀들었다. 에드나는 몇 점만 남기고 나머지 그림을 전부 다 아델에게 주었다. 아델은 엄청나게 값진 선물을 받은 듯 고마워했고, 점심을 먹으러 잠시 집에 올라온 라티뇰 씨에게 자랑스럽게 그림들을 보여주었다.

라티뇰 씨는 사람들이 흔히 말하는 세상의 소금과도 같은 사람이었다. 쾌활하기가 이루 말할 수 없었고 그런 면모가 선한 심성과 넓은 아량, 상식적인 행동과 잘 어우러졌다. 그들 부부는 프랑스 억양이 심하게 섞인 영어를 구사했기에 신중하게 집중해야 겨우 알아들을 수 있었다. 반면 에드나의 남편은 어느 지방 억양도 섞이지 않은 완벽한 영어를 구사했다. 라티뇰 부부는 서로를 완벽하게 이해했다. 만약 두 사람이 하나가 되는 것이 현실 속에서 가능한 일이라면 라티뇰 부부가 바로 그 경우에 해당될 것이다.

그들과 함께 식탁에 앉으며 에드나는 '야채로 간단히 요기나 하면 좋겠다'고 생각했다. 가벼운 식사가 아니라는 것을 곧바로 알게 되었지만 음식은 맛있었다. 소박하면서도 세심했고 모든 면에서 만족스러웠다.

라티뇰 씨는 에드나를 보고 반가워하면서도 그랜드 아일에서만큼 건강해 보이지 않는다며 토닉을 한잔 권했다. 그는 다양한 얘기를 했다. 정치 얘기도 잠깐 하고, 동네 소식과 이웃사람들 얘기도 조금 했다. 활기 넘치면서도 진지한 그의 말은 한마디 한마디가 다 중요하게 들렸다. 아델은 그가 하는 모든 얘기가 재미있는지 포크를 내려놓고 맞장구를 치며 들었다.

라티뇰 부부의 집을 나설 무렵, 에드나는 마음이 편해지기는커녕 되레 울적해졌다. 화목한 가정의 모습을 엿보았지만 아무 미련도 갈망도 없었다. 에드나에게는 맞지 않는 삶이었다. 오직 섬뜩하고 절망적인 권태감만이 눈에 들어올 뿐이었다. 에드나는 아델에게 연민을 느꼈다. 맹목적 만족의 영역을 넘어선 저 높은 곳에 도달해본 적 없는 무미건조한 삶에 대한 연민이었다. 그 어떤 삶의 고뇌도, 그 어떤 삶의 희열도 아델의 영혼을 찾아온 적 없었을 것이다. 에드나는 그 '삶의 희열'이라는 게 과연 무엇인지 문득 궁금했다. 마치 불현듯 찾아온 외계의 감정처럼, 그 단어가 뇌리를 스쳤다.

19

결혼반지를 밟고 꽃병을 던진 행동이 너무 한심하고 유치한 짓이라는 생각이 드는 건 어쩔 수 없었다. 그 뒤로는 그런 무모한 짓을 할 만큼 감정이 폭발하는 일은 없었다. 그러나 에드나는 하고 싶은 대로 행동하고, 느끼고 싶은 대로 느끼기 시작했다. 화요일 모임은 완전히 포기했고 찾아온 사람들에게 답례 인사를 가지도 않았다. **훌륭한 가정주부**가 되고자 하는 헛된 노력은 하지 않았고, 기분에 따라 내키는 대로 살았다. 퐁틀리에 씨는 아내가 어느 정도 고분고분하기만 하면 비교적 괜찮은 남편이었다. 그래서 예기치 못한 아내의 낯선 태도가 그로서는 무척 당황스러웠다. 그는 충격적일 정도로 아내로서의 의무를 완전히 저버린 에드나에게 화가 났지만 그가 거칠게 나가면 아내는 더 세게 나왔다. 에드나는 한 발짝도 물러서지 않기로 작정한 것 같았다.

"한 집안의 살림을 책임져야 할 여자가, 더구나 두 아이의 엄마가 화실에서 살다시피 하는 건 좀 너무하잖아. 가족의 평안을 위해 애써야 할 시간에."

"난 그림을 그리고 싶어." 에드나가 말했다. "앞으로도 계속 그리고 싶을지는 잘 모르겠지만."

"그림을 그리고 싶으면 그려! 하지만 집안 살림을 내팽개치는 말라고! 아델도 음악을 하지만 집안 꼴을 엉망으로 만들진 않아. 아델의 음악적 재능이 당신의 미술적 재능보다 훨씬 뛰어난데도!"

"아델은 음악가가 아니야. 나도 화가가 아니고. 내가 살림을 안 하는 건 그림 때문이 아니라고."

"그럼 뭐 때문인데?"

"아, 나도 몰라! 날 좀 내버려 둬. 당신 너무 거슬려."

퐁틀리에 씨는 아내가 정신적으로 좀 이상해져가는 것은 아닐까 하는 생각도 점차 들기 시작했다. 이것이 아내의 본모습일 리는 결코 없으니까. 그는 지금 에드나가 본모습을 되찾고 있으며, 사람들 앞에 나설 때 입었던 옷을 벗듯 거짓 자아를 벗어던지고 있다는 사실을 알지 못했다.

에드나가 원하는 대로 그는 아내를 더 이상 괴롭히지 않고 출근했다. 에드나는 화실로 올라갔다. 저택 맨 꼭대기에 위치한 환한 방이었다. 에드나는 엄청난 에너지로 최선을 다해 그림을 그렸지만 조금이라도 마음에 드는 작품은 아직 한 점도 없었다. 한동안 에드나는 온 집안사람들을 작업에 끌어들였다. 두 아들도 포즈를 취해주었다. 아이들은 처음에는 재미있다고 생각했지만 이것이 그들을 위한 놀이가 아니라는 사실을 깨닫고 이내 흥미를 잃었다. 보모도 에드나의 그림을 위해 몇 시간을 앉아 있었다. 참을성이 대단한 사람이었다. 그러는 동안 가사도우미가 아이들을 도맡았고 거실 청소는 그대로 두었다. 그러나 가사도우미도 결국 모델 노릇을 해야 했다. 그의 등과 어깨의 단아한 곡선과 모자에서 빠져나온 머리카락이 에드나에게 영감을 주었기 때문이다. 에드나가 그림을 그리는 동안 가사도우미는 낮은 목소리로 노래를 부르곤 했다. **"아, 당신이 알고 있다면!"**

　그 노래를 듣자 에드나는 추억에 잠겼다. 파도 소리와 돛이 펄럭이는 소리가 들렸다. 바다 위에 떠 있던 달도 보였고, 보드랍고 때로는 거칠게 남쪽에서 불어오던 뜨거운 바람도 느껴졌다. 옅은 욕망의 파도가 몸을 관통했다. 그 욕망 때문에 붓을 쥐고 있던 손에서 힘이 빠졌고 눈이 따끔거렸다.

　이유 없이 행복했던 나날이 있었다. 그저 살아서 숨 쉬는 것만으로도 행복했고, 화창하기 이를 데 없는 남부의 어느 하루를 비추는 햇살, 빛깔, 향기, 그 넘치는 따사로움과 삶이 하나가 된 듯한 날들이었다. 그때 에드나는 이상하고 낯선 곳으로 흘러들어 홀로 서성이곤 했다. 눈부시고 나른해 꿈꾸기 좋은 장소를 여러 곳 찾아두기도 했다. 누구의 방해도 받지 않고 혼자 꿈을 꿀 수 있다는 게 좋았다.

이유 없이 불행한 나날들도 있었다. 기뻐하거나 슬퍼하는 것, 살고 죽는 모든 일이 전부 무의미하게 느껴지는 날들이었다. 삶은 기이한 혼란의 도가니며 인간들은 피할 수 없는 소멸을 향해 맹목적으로 꿈틀거리며 기어가는 벌레들 같았다. 그럴 때면 그림을 그릴 수가 없었고 가슴이 뛰고 피가 끓어오르는 욕망도 일어나지 않았다.

20

바로 그런 기분일 때 에드나는 라이스를 찾아 나섰다. 라이스와 마지막 만남에서 느꼈던 다소 불편했던 감정을 잊은 건 아니었다. 그런데도 에드나는 그가 보고 싶었다. 무엇보다도 그의 피아노 연주를 듣고 싶었다. 에드나는 그 피아니스트를 찾기 위해 이른 오후에 여정에 올랐다. 안타깝게도 라이스가 주소를 적어준 쪽지는 어디에 두었는지 찾을 수가 없었고, 결국 뉴올리언스 주소록을 다 뒤진 후에야 조금 거리가 있는 비앙빌 스트리트에 살고 있다는 걸 알아낼 수 있었다. 그러나 1~2년 전 주소록이었던 탓에 막상 그 주소를 찾아가보니 라이스는 없었다. 그 **셋방**엔 어느 점잖은 혼혈 가족이 살고 있었다. 그들은 그곳에서 산 지 6개월 정도 되었으며 라이스에 대해서는 아는 바가 없었다. 그들은 이웃도 전혀 알지 못했고 그저 이 동네 사람들은 모두 고귀한 신분인 것 같다고

만 했다. 푸퐁 부인과 고귀한 신분 얘기를 늘어놓고 있을 시간은 없었기에 에드나는 곧바로 동네 식료품 상점으로 갔다. 라이스가 그곳 주인에게는 주소를 남겼을 거라고 생각했다.

상점 주인은 라이스에 관해서라면 생각보다 많은 걸 알고 있다고 답했다. 솔직히 그 여자에 관해서라면 아무것도, 아니 그 여자와 연관이 있는 것은 그 어떤 것도 알고 싶지 않다고도 했다. 그의 말에 따르면 라이스는 비앙빌 스트리트에서 가장 무례해서 다들 피하는 여자였다. 그 여자가 이 동네를 떠나서 하늘에 감사할 따름이고, 어디로 갔는지 모르는 것도 그렇게 다행일 수가 없다고 그는 덧붙였다.

예기치 못했던 난관에 봉착하자 라이스를 만나고 싶다는 에드나의 욕망은 열 배는 더 커졌다. 에드나는 원하는 정보를 어디서 얻을 수 있을지 생각해보았고, 그 순간 르브룅 부인이 떠올랐다. 부인이라면 알 것도 같았다. 아델에겐 물어봐야 소용없을 듯했다. 아델은 그 피아니스트와 가장 거리가 먼 사람이라 그에 관한 것은 일체 알려 하지 않았다. 아델은 언젠가 상점 주인과 비슷한 반응을 내비칠 뻔한 적도 있었다.

11월 중순이라 르브룅 부인이 뉴올리언스로 돌아왔다는 건 알고 있었다. 그들이 샤르트르 스트리트에 살고 있다는 것도 알았다.

그들이 사는 집은 출입문과 낮은 창문에 철창이 달려 있어서 외관이 마치 교도소 같았다. 철창은 옛 **체제**의 잔재였는데 누구도 철거할 생각을 하지 못했다. 양옆으로는 정원을 빙 두르는 높은 울타리가 있었고, 거리 쪽으로 나 있는 대문은 잠겨 있었다. 에드나는 정원으로 통하는 옆문의 벨을 누른 다음 댓돌 위에 올라서서 누구든 문을 열어주기를 기다렸다.

　　문을 열어준 사람은 빅토르였다. 흑인 가사도우미는 그의 바로 뒤에서 앞치마에 손을 닦고 있었다. 그들의 모습보다 언쟁하는 소리가 먼저 들려왔다. 누가 보아도 별난 일이지만, 가사도우미는 자기에게 맡은 바 임무를 수행할 권리가 있다며 방문객을 맞이하는 것도 그중 하나라고 따지고 있었다.

　　빅토르는 에드나를 보고 놀라면서도 반가워했다. 그는 자신의 그런 감정을 숨기지 않았다. 눈썹이 짙고 잘생긴 열아홉 살의 빅토르는 외모는 어머니를 많이 닮았어도 성격은 열 배는 더 급했다. 빅토르는 가사도우미에게 당장 들어가서 에드나가 왔다고 르브룅 부인께 전하라고 했다. 가사도우미는 방문객을 맞이하는 일은 처음부터 다 하지 못할 바에야 일부만 하지는 않겠다면서 정원 잡초 뽑는 일을 마저 하러 가겠다고 했다. 그러자 빅토르가 폭언을 퍼부었다. 그의 말이 얼마나 빠르고 두서가 없는지 에드나는 도통 알아들을 수가 없었다. 뭐라고 했는지는 몰라도, 가사도우미가 괭이를 놓고 웅얼거리며 집 안으로 들어간 것을 보면 그의 질책이 먹히긴 한 모양이었다.

에드나는 집 안으로 들어가고 싶지는 않았다. 집 옆쪽 테라스에 의자 몇 개와 긴 안락의자, 조그만 테이블도 하나씩 있어서 충분히 좋았다. 너무 오래 걸어 피로해진 에드나는 안락의자에 앉아 몸을 앞뒤로 흔들며 실크 양산의 주름을 폈다. 빅토르가 의자를 끌어와 곁에 앉았다. 가사도우미의 무례한 행동은 자신이 제대로 가르치지 못한 탓이라고 곧바로 해명했다. 가사도우미가 이 집에 들어왔을 때 자신이 집에 없었기 때문이라고. 그는 바로 전날 아침 그랜드 아일에서 집으로 돌아와 이튿날 다시 떠날 예정이었다. 겨우내 섬에 머물면서 별장 관리를 도맡고 이듬해 여름 방문객들을 다시 맞이할 채비를 할 거라고 했다.

그러나 사람은 때로 휴식이 필요한 법이라고, 그가 말했다. 그래서 때때로 뉴올리언스로 돌아올 구실을 만든다고. 아니나 다를까! 바로 전날 밤에도 그는 아주 멋진 밤을 보냈다! 하지만 어머니가 아는 것은 원치 않았다. 거기서부터 빅토르는 속삭이기 시작했다. 전날 밤 일을 떠올리느라 아주 들떠 보였다. 물론 그 얘기를 에드나에게 다 털어놓을 순 없었다. 에드나는 아무래도 그런 것들을 이해하지 못할 테니까. 하지만 그 모든 일은 길을 걷던 그를 덧창 너머로 흘긋흘긋 쳐다보며 미소 짓던 한 여자에게서 시작되었다고 한다. 아! 그 여자는 굉장한 미인이었다! 그에 빅토르도 미소로 화답했고 여자에게 다가가 말을 걸었다. 빅토르는 결코 기회를 놓칠 사람이 아니었다. 에드나는 저도 모르게 그의 이야기에 빠져들었다. 그러다 보니 관심을 가지고 재밌다는 내색을 한 모양이었다. 빅토르의 이야기는 점점 더 대담해졌고, 에드나는 이제 아주 적나라한 얘기를 들을 참이었다. 그런데 때마침 르브룅 부인이 나타났다.

부인은 여름만 되면 입는 흰옷을 그대로 입고 환하게 빛나는 눈빛으로 수다스럽게 에드나를 반겼다. 안으로 들어가지 않을래요? 시원한 음료라도 좀 드릴까요? 왜 이제야 왔어요? 퐁틀리에 씨와 아이들은 다 잘 있고요? 이렇게 포근한 11월 본 적 있어요?

빅토르가 어머니 의자 뒤쪽에 놓인 고리버들 안락의자에 드러누웠다. 에드나의 얼굴이 잘 보이는 위치였다. 긴 의자에 등을 대고 누운 빅토르는 방금 전 에드나와 이야기할 때 가져갔던 에드나의 양산을 빙글빙글 돌리고 있었다. 르브룅 부인은 도시로 돌아오니 너무 따분하다고, 사람들을 너무 못 만난다며 투덜거렸다. 이틀 전에 빅토르가 오긴 했지만 빅토르도 너무 바쁘다면서. 그 말에 빅토르는 얼굴을 찌푸리더니 에드나에게 장난스럽게 윙크했다. 에드나는 어쩐지 그와 공범이 된 것 같아서 단호하고 못마땅한 표정을 지어 보였다.

로베르에게서는 두 통의 편지가 왔고, 별 다른 내용은 없었다고 그들은 말했다. 부인이 빅토르에게 편지를 가져오라고 하자 그는 그럴 필요가 없다고, 자기가 편지 내용을 다 기억한다고 했다. 한번 읽어보라는 말에 그는 정말로 편지의 내용을 줄줄 읊었다.

한 통은 베라크루스에서, 한 통은 멕시코에서 온 것이었다. 몽텔을 만난 로베르는 그가 여러모로 도움을 주고 있다고, 뉴올리언스를 떠날 때보다 재정적으로 나아진 바는 아직 없지만 전망은 아주 밝다고 했다. 그리고 멕시코시티와 건물들, 그곳 사람들과 그들의 생활 습관, 여건에 대해 썼으며, 가족에게는 사랑을 전했고 어머니에게 수표 한 장을 보내며 모든 친구들에게 안부를 전해달라고 했다. 그것이 편지 두 통에 담긴 내용이었다. 자신에게 전하는 메시지가 있었다면 그들이 전했을 것이라는 생각이 들자, 집을 나설 때 느꼈던 절망감이 다시금 엄습해왔다. 에드나는 그제야 자신이 라이스의 주소를 알아내려 이곳에 왔다는 것을 기억해냈다.

르브룅 부인은 라이스가 어디에 사는지 알고 있었다. 부인은 에드나에게 주소를 주면서, 자기 집 안으로 들어가 오후를 함께 보내지 않고 바로 일어서는 것을 아쉬워했다. 그러나 오후도 이미 한참 지난 후였다.

빅토르가 길까지 따라나서며 마차까지 함께 걷는 동안 양산을 펼쳐 에드나의 머리 위로 들어주었다. 그는 에드나에게 오늘 오후에 한 얘기는 꼭 비밀로 해달라고 했다. 에드나는 웃으며 그를 조금 놀렸는데, 품위를 지키고 자제할걸 그랬다는 생각이 뒤늦게 들었다.

"에드나는 정말 아름답구나!" 부인이 아들에게 말했다.

"황홀할 정도로요!" 빅토르도 인정했다. "도시로 돌아오더니 더 아름다워졌네요. 아주 딴사람이 되었어요."

21

라이스가 항상 꼭대기 층 집을 고수하는 이유는 거지와 잡상인, 방문객 들을 쫓기 위해서라고 말하는 사람들도 있었다. 라이스의 조그만 집에는 창문이 여러 개 나 있었다. 창문들은 거의 다 지저분했지만 대부분 열려 있었다. 열린 창문으로 엄청난 연기와 매연이 들어오곤 했지만 환한 햇살과 바람도 함께 들어왔다. 창밖으로 초승달 모양의 강과 거대한 배의 돛대와 미시시피 증기선의 커다란 굴뚝이 보였다. 큰 피아노가 거실을 꽉 채웠고, 거실 옆에는 침실이, 맨 끝 방에는 가솔린 스토브가 있어 근처 식당에 나가기 귀찮을 때 음식을 만들어 먹을 수 있는 공간이 있었다. 라이스는 그곳에서 식사를 했고, 백여 년은 사용한 듯 낡고 칙칙한 그곳의 수납장에 물건들을 넣어두었다.

에드나가 라이스 집의 문을 두드리고 안으로 들어섰을

때 그는 창가에 서서 모직 양말을 깁거나 수선하는 중이었다. 그 작은 몸집의 음악가는 에드나를 보고 환하게 웃었다. 라이스는 웃을 때 얼굴과 온몸의 근육을 다 썼다. 오후 햇살 속에 서 있는 라이스는 놀라울 정도로 수수했다. 그는 머리 한옆에 여전히 낡은 레이스와 제비꽃 조화로 만든 장식을 달고 있었다.

"이제야 날 떠올려주었군요. '하긴! 날 찾아올 리가 없지!'하고 생각하던 중이었거든요."

"내가 찾아와주길 바랐어요?" 미소를 지으며 에드나가 물었다.

"많이는 아니고요." 라이스가 말했다. 두 사람은 벽에 붙여놓은 조그맣고 울퉁불퉁한 소파에 앉았다. "그래도 이렇게 찾아와주니 반갑네요. 마침 커피를 한잔 마시려고 물을 끓이고 있던 참이었거든요. 나하고 커피 한잔해요. 그나저나 우리 **아름다운 여인**께서는 어떻게 지내셨나요? 언제나 아름다우시군요! 언제나 건강하고, 또 평안하시고요!" 라이스가 단단하고 가느다란 손가락으로 에드나의 손을 잡았다. 온기가 느껴지지 않게 느슨히 손을 맞잡고, 마치 이중주를 연주하듯 손등과 손바닥을 동시에 쓰다듬었다.

"실은." 라이스가 말을 이었다. "가끔은 이런 생각을 했어요. '날 찾아올 리가 없지. 모두가 늘 그러듯 별 뜻 없이 한 말이겠지. 오지 않을 거야'하고요. 왜냐하면 난 당신이 날 좋아한다고 생각하지 않거든요, 에드나."

"내가 당신을 좋아하는지 아닌지는 나도 잘 모르겠어요." 호기심 어린 표정으로 작은 여자를 내려다보며 에드나가 말했다.

에드나의 솔직한 대답에 라이스는 무척 기뻐했고, 곧바로 가솔린 스토브로 가서 약속한 커피를 가져오는 것으로 고마움을 표현했다. 에드나는 커피와 함께 내어온 비스킷에 무척 구미가 당겼다. 르브룅 부인의 집에서 음료를 거절했던 터라 슬슬 배가 고파오던 참이었다. 라이스가 들고 온 쟁반을 가까이에 있는 조그만 테이블에 올려놓고 다시 소파에 앉았다.

"당신 친구한테서 편지가 왔어요." 크림을 약간 따른 잔을 에드나에게 건네며 라이스가 말했다.

"내 친구요?"

"네, 당신 친구 로베요. 멕시코시티에서 내게 편지를 썼어요."

"로베르가 당신에게 편지를 썼다고요?" 에드나가 놀라 물었다. 에드나는 멍한 표정으로 계속 커피를 저었다.

"네, 나한테요. 못 쓸 게 뭐예요? 그렇게 계속 젓기만 하면 커피 다 식어요. 어서 들어요. 물론 당신에게도 당연히 보냈겠지만, 온통 에드나 당신 얘기뿐이더라고요."

"편지 좀 보여줘요." 에드나가 애원하다시피 말했다.

"안 돼요. 편지는 받은 사람만 읽을 수 있어요."

"처음부터 끝까지 온통 내 얘기뿐이라고 하지 않았나요?"

"당신에 관한 얘기라고 했지, 당신에게 쓴 게 아니잖아요. '에드나는 만났나요? 어떻던가요?'라고 묻더군요. '에드나가 말했듯이.' 혹은 '에드나가 언젠가 이런 말을 했죠.' '혹시 에드나가 찾아오거든 내가 가장 좋아하는 쇼팽 즉흥곡을 연주해줘요.' '어제인가 그제 쇼팽 즉흥곡을 들었는데 당신의 연주와는 사뭇 다르더군요. 그 곡이 에드나에게 어떻게 들릴지 알고 싶어요.' 같은 말들이었어요. 마치 우리 두 사람이 자주 만나기나 하는 것처럼 얘기하더라고요."

"편지를 보여줘요."

"아, 그건 안 돼요."

"답장은 했어요?"

"아뇨."

"편지 보여줘요."

"다시 말하지만, 안 돼요."

"그럼 즉흥곡을 연주해줘요."

"시간이 늦어질 텐데요. 집엔 몇 시까지 가야 해요?"

"시간은 중요하지 않아요. 그런 질문을 하다니 좀 무례하군요. 어서 즉흥곡을 연주해줘요."

"당신에 대해서는 하나도 얘기해준 게 없잖아요. 요즘 뭐 하면서 지내는데요?"

"난 그림을 그려요!" 에드나가 웃으며 말했다. "화가가 될 거예요. 상상해봐요!"

"화가라니! 허영심이 있군요."

"그게 왜 허영심인가요? 내가 화가가 못 될 것 같아요?"

"그런 판단을 할 만큼 당신을 잘 알지 못해요. 난 당신의 재능도 성격도 모르죠. 예술가가 되려면 여러 가지가 필요해요. 무엇보다 아주 엄청난 재능을 타고나야 하죠. 연습을 한다고 다 되는 게 아니에요. 더구나 예술가로 성공하려면, 용맹스러운 영혼을 지녀야 해요."

"용맹스러운 영혼이라는 게 어떤 의미죠?"

"**진정으로** 용맹스러워야 한다고요! 고난을 무릅쓰고 앞으로 나아갈 수 있을 정도로 용감한 영혼을 가지는 거예요."

"이제 편지를 보여줘요. 그리고 날 위해 연주해줘요. 내가 좀 집요한 면이 있어요. 이건 예술가의 자질이 아닌가요?"

"그건 당신의 영혼을 점령한 어리석은 여자의 자질이겠죠." 라이스는 몸을 들썩이며 웃었다.

편지는 에드나와 라이스가 앉아 있던 테이블의 서랍 맨 위 칸에 있었다. 라이스가 서랍을 열고 거기서 편지를 꺼내 에드나에게 건넸다. 그리고 더는 말하지 않고 일어나 피아노로 갔다.

라이스가 잔잔한 간주곡을 연주하기 시작했다. 즉흥으로 연주하는 곡이었다. 피아노 앞에 낮게 숙인 몸이 우아하지 않은 곡선과 각도를 만들어 어딘가 기형적으로 보였다. 간주곡은 미묘하게 서서히, 쇼팽 즉흥곡의 잔잔한 단조 도입부로 접어들었다.

에드나는 쇼팽 즉흥곡이 언제 시작해서 언제 끝났는지 알지 못했다. 그저 소파 한구석에 앉아 저물어가는 햇살 아래서 로베르의 편지를 읽었다. 쇼팽의 곡이 끝나자 미끄러지듯이 이졸데의 노래(바그너의 오페라 〈트리스탄과 이졸데〉 중 이졸데의 아리아로 알려진 곡―옮긴이)의 떨리는 사랑의 선율로 옮겨갔고, 그러다가 다시 그리움에 사무치는 즉흥곡으로 돌아갔다.

조그만 방에 드리운 어둠이 짙어졌다. 음악은 갈수록 기이해지고 몽환적으로 변해갔다. 격정적이고 집요했으며, 애원하듯 구슬프고 애처로웠다. 어둠이 더욱 짙어졌다. 방을 가득 채운 음악이 밤의 어둠으로, 지붕 너머로, 초승달 모양의 강으로 흘러 저 하늘의 정적 속으로 사라져갔다.

에드나는 흐느껴 울었다. 그랜드 아일에서 한밤중에 이상하고 낯선 목소리가 자신을 깨웠을 때처럼. 그만 가야 할 것 같아 일어난 그는 문 앞에서 라이스에게 물었다. "또 와도

될까요, 라이스 양?"

"오고 싶을 때 언제든지요. 계단과 난간이 어두우니 조심해요. 넘어지지 말고."

라이스는 집 안으로 들어가 촛불을 밝혔다. 로베르의 편지가 바닥에 떨어져 있었다. 몸을 숙여 집어 든 편지는 구겨진 채 눈물에 젖어 있었다. 라이스는 편지를 반듯하게 펴서 다시 봉투에 넣고 테이블 서랍에 넣었다.

22

어느 날 아침, 시내로 나가는 길에 퐁틀리에 씨는 오랜 지인인 망들레 박사의 집을 찾았다. 그는 거의 은퇴한 의사였는데, 본인의 표현에 따르면 그간 이룬 성공에 안주하며 살고 있었다. 의술이 뛰어나기보다는 지혜로운 사람이라는 평판이 있는 사람이라, 적극적인 진료는 조수나 젊은 동료 의사들에게 넘겼고 주로 상담을 맡았다. 그와 친분이 있는 몇몇 가정에 한해 그들이 원한다면 직접 진료를 하기도 했다.

퐁틀리에 씨가 방문했을 때 망들레 박사는 서재 창가에서 책을 읽고 있었다. 대로변에서 꽤 멀리 떨어져 근사한 정원으로 둘러싸인 집이라 노신사의 서재 창가는 조용하고도 평화로웠다. 그는 대단한 애서가였다. 망들레 박사가 안경 너머로 퐁틀리에 씨가 정원으로 들어서는 것을 못마땅한 표정으로 쳐다보았다. 대체 이 시간에 그를 찾아올 정도로 몰

지각한 사람이 누구인지 보려는 것이었다.

"아, 퐁틀리에 씨! 혹시 어디가 편찮으신 건 아니겠지요! 어서 이리 와 앉으세요. 이 아침에 어쩐 일이십니까?" 망들레 박사는 풍성한 백발에 체구가 살짝 큰 편이고, 작고 파란 눈동자는 나이가 들면서 총기는 잃었지만 사람을 꿰뚫어 보는 능력만큼은 여전했다.

"아! 전 아프지 않습니다, 박사님. 아시다시피 제가 워낙 억세게 살아와서요. 씨가 말라가는 크리올계 퐁틀리에 가문 출신이잖습니까. 실은 상담을 좀 하고 싶어서 왔어요. 상담이라기보다는, 에드나 이야기를 하고 싶어서요. 대체 어디가 문제인지 모르겠네요."

"퐁틀리에 부인께서 아프시다니요." 의사는 화들짝 놀랐다. "불과 일주일 전에 커낼 스트리트에서 어디론가 걸어가는 걸 봤는데, 그땐 아주 건강해 보이던데요."

"네, 맞아요. 건강해 보이죠." 퐁틀리에 씨가 몸을 앞으로 숙이고는 지팡이를 두 손 사이에 놓고 돌렸다. "하지만 건강한 사람처럼 행동하지 않아요. 좀 이상합니다. 마치 딴사람이 된 거 같아요. 도무지 이해할 수가 없어요. 그래서 혹시 선생님의 도움을 받을 수 있을까 해서 왔습니다."

"어떻게 행동하는데요?" 의사가 물었다.

"뭐라 설명해야 할지 모르겠지만." 그는 다시 의자에 몸을 기대며 말했다. "집안 살림을 다 팽개쳤어요."

"글쎄요, 여자들이 다 똑같을 순 없습니다, 퐁틀리에 씨. 우린 그 점을……."

"그건 저도 압니다. 그래서 설명하기 힘들다고 말씀드린 거예요. 저뿐만 아니라 모든 사람, 모든 것을 대하는 태도가 달라졌어요. 제가 성질이 좀 급하긴 해도, 여자하고 싸우거나 여자에게 함부로 대하고 싶진 않아요. 제 아내라면 더더욱. 그런데 자꾸 그런 충동을 느낍니다. 아내에게 어리석은 짓을 하고 나면, 제가 만 배는 더 악마에 가까워진 기분이 들어요. 그런데 아내의 태도가 너무 거슬려요." 그가 초조하게 말을 이었다. "아내는 여성의 무한한 권리에 대해 어떤 개념을 갖고 있는 거 같아요. 우린 아침 식사를 할 때나 겨우 얼굴을 봅니다."

노신사는 텁수룩한 눈썹을 치켜올리며 두꺼운 아랫입술을 내밀고는 두툼한 손가락 끝으로 의자 팔걸이를 두드렸다.

"아내한테 무슨 짓을 하셨나요? 퐁틀리에 씨?"

"무슨 짓이라니요! *세상에!*"

망들레 박사가 미소를 지으며 물었다. "혹시 아내분이, 그 사이비 여성 단체에 가담했나요? 정신적으로 우월한 척하는 여자들 말입니다. 제 아내가 그 얘길 하더라고요."

"그런 것도 아니라서 더 문제예요. 최근에 누구와도 어울리지 않았거든요. 매주 화요일 집에서 하는 모임도 팽개쳤어요. 혼자 전차를 타고 여기저기 돌아다니다가 해가 지면 돌아옵니다. 정말 이상해요. 마음에 들지도 않고, 걱정도 좀 됩니다."

박사는 그렇다면 얘기가 달라진다고 생각했다. "혹시 유전적인 문제는 없습니까?" 박사가 진지하게 물었다. "집안 내력은 아닌가요?"

"전혀요! 아내는 켄터키의 독실한 장로교 집안 출신이에요. 장인어른은 일요일 예배에 참석해서 주중에 지은 죄를 회개하는 사람이라고 들었어요. 사실 장인어른은 경마로 켄터키 농장을 날렸어요. 그곳은 지금껏 제가 본 가장 아름다운 농장이었는데 말이에요. 그리고 장녀 마거릿은, 마거릿 아시죠? 마거릿도 정통 장로교 신자예요. 막내딸은 약간 심술궂은 편이죠. 참, 그 막내딸이 몇 주 뒤에 결혼을 한다더군요."

"아내를 그 결혼식에 보내세요." 기분 좋은 해결책이라 생각하며 박사가 소리쳤다. "가족들과 며칠 있게 해주세요. 아마 도움이 될 겁니다."

"저도 그러고 싶어요. 그런데 아내가 결혼식에 안 가겠대요. 결혼식이야말로 지상에서 가장 애통한 광경이라나. 자기 남편 앞에서 한다는 소리가!" 그 기억을 떠올리자 다시 화가 치밀었다.

"퐁틀리에 씨." 잠시 생각에 잠겼던 박사가 말을 이었다. "당분간 아내를 그냥 내버려 두세요. 건드리지도 말고, 신경도 쓰지 마세요. 여자들은 아주 섬세한 존재예요. 퐁틀리에 부인처럼 예민하고 지적 수준이 높은 여자라면 더 그렇겠지요. 퐁틀리에 씨나 나 같은 무던한 남자들이 그런 성향의 여자를 잘못 다루었다가는 오히려 일을 그르쳐요. 부인은 지금 어떤 원인으로 일시적인 감정에 휩쓸린 상태 같아요. 나나 퐁틀리에 씨는 알 리가 없죠. 하지만 결국 다 지나갑니다. 부인을 가만히 내버려 두면요. 부인을 제게 보내세요."

"아, 그럴 수는 없어요. 그러려면 사유가 있어야죠." 퐁틀리에 씨가 말했다.

"그럼 제가 부인을 만나러 가죠." 박사가 말했다. "**친구로서** 조만간 한번 들를게요."

"그래주시면 좋죠! 언제 오시겠습니까? 목요일 어떠신지요, 올 수 있으신가요?"

"목요일 좋습니다. 하지만 집사람이 목요일에 일정을 잡아두었을지도 몰라서요. 다른 일정이 있으면 미리 알려드리죠. 별일 없으면 그날 가겠습니다."

퐁틀리에 씨가 나가려다 뒤돌아보며 말했다. "제가 곧 뉴욕으로 출장을 갑니다. 큰 건이 있는데, 직접 가서 이것저

것 챙겨야 할 것 같아서요. 혹시 원하시면 박사님도 함께 가시지요." 그가 웃었다.

"고맙습니다만 저는 괜찮습니다, 퐁틀리에 씨. 그런 일이라면 아직 혈기왕성한 젊은 분들에게 맡겨야지요."

"제가 묻고 싶은 건." 한 손을 문손잡이에 올려놓은 채 퐁틀리에 씨가 말했다. "한동안 집을 비우게 될 것 같은데, 에드나를 데리고 가야 할까요?"

"본인이 원한다면 당연히 그래야죠. 하지만 원하지 않는다면 그냥 여기 있게 두세요. 아내의 뜻을 거스르지 마세요. 이 상황은 반드시 지나갑니다. 한 달, 두 달, 혹은 석 달, 어쩌면 그보다 더 오래 걸릴 수도 있지만 그래도 결국엔 다 지나갈 거예요. 인내심을 가지세요."

"그래요. **목요일까지** 안녕히 계세요." 퐁틀리에 씨는 박사의 집을 나섰다. 사실 박사는 줄곧 "혹시 남자가 있는 건 아닐까요?"라고 묻고 싶었지만 크리올 사람이 어떤지 너무 잘 알았기에 그런 실수는 하지 않았다. 박사는 곧바로 다시 책을 펴 들지 않고 정원을 바라보며 한동안 생각에 잠겼다.

23

에드나의 아버지가 뉴올리언스에 와서 그들의 집에 며칠 머물렀다. 에드나는 아버지와 애틋하거나 각별한 사이는 아니었지만 취향이 비슷한 면이 있어서 그럭저럭 잘 지냈다. 아버지의 방문은 에드나에게 반가운 변화였다. 감정의 흐름이 새로운 방향으로 바뀌는 것 같았다.

아버지는 막내딸 재닛의 결혼 선물을 사고 결혼식에 빼입을 옷을 한 벌 사려고 뉴올리언스에 온 것이었다. 퐁틀리에 씨는 처제에게 줄 선물을 이미 골라둔 후였다. 그를 잘 아는 사람들이라면 모두가 그의 안목을 믿었기에, 옷으로 고민할 때 퐁틀리에 씨가 해주는 조언은 장인에게도 더할 나위 없이 도움이 되었다. 지난 며칠 에드나가 아버지를 도맡아 모셨는데, 아버지와 함께 지내면서 에드나는 일련의 새로운 감정들을 느끼게 되었다. 그는 남군 대령 출신이라 여전히 군인의 위엄을 지니고 있었다. 희고 보드라운 머리카락과 턱수염은 강해 보이는 구릿빛 얼굴을 더욱 부각했고, 키가 크고 호리호리한 몸으로 패드를 넣은 코트를 입으니 어깨와 가슴이 비현실적으로 넓고 탄탄해 보였다. 그러다 보니 아버지가 함께 있으면 무척 눈에 띄어서 산책길에서 사람들이 쳐다보는 일이 많았다.

아버지가 집에 오자마자 에드나는 자신의 화실을 보여주고 그를 스케치하기 시작했다. 아버지는 그 일을 무척 진지하게 받아들였다. 에드나의 재능이 지금의 열 배 정도였다고 해도 그는 놀라지 않았을 것이다. 자신이 딸에게 엄청난 능력을 물려주었으며, 노력으로 갈고닦기만 하면 큰 성공을 거둘 것을 믿어 의심치 않았기 때문이다.

에드나의 연필 앞에 그는 꼼짝 않고 꼿꼿하게 앉아 있었다. 지난날 대포 앞에서 그랬던 것처럼. 아이들은 제 어머니의 환한 화실에서 꼼짝 않고 앉아 있는 할아버지를 호기심 어린 눈으로 쳐다보며 입을 헤 벌리고 있었지만, 그는 그런 아이들의 모습에 질색했다. 아이들이 가까이 다가오기라도 하면 발로 쫓는 시늉을 했다. 자신의 표정과, 단단한 어깨에서 팔까지 이어지는 선이 흐트러지는 게 무척 싫었다.

에드나는 훌륭한 공연으로 아버지를 즐겁게 해드리고 싶은 마음에 라이스도 초대했지만 라이스가 거절하는 바람에 아델이 대신 **음악회**에 참석했다. 아델 부부는 대령을 귀빈으로 극진히 대접했고 다가오는 일요일, 혹은 그가 원하는 어느 날이라도 좋으니 함께 식사를 하자며 초대했다. 아델이 눈빛, 몸짓, 온갖 찬사로 얼마나 아양을 떠는지 널찍한 어깨 위에서 아버지의 얼굴이 30년은 더 젊어 보였다. 에드나는 아델의 그런 태도를 좀처럼 이해할 수 없었고 그저 놀라울 따름이었다. 에드나에겐 그런 애교가 전혀 없었다.

음악회에서 에드나의 눈에 들어온 남자가 한두 명 있었다. 물론 그들의 관심을 끌거나 자신을 보여주기 위해 아기고양이 같은 그런 교태를 부릴 생각은 전혀 없었다. 그저 그들의 성격에 호감을 가진 정도였다. 에드나는 상상 속에서 그들을 점찍어두었고, 막간을 이용해 그들과 얘기를 나눌 기회가 찾아오자 기뻤다. 때때로 에드나는 거리에서 자신을 바라보던 낯선 이들의 시선이 기억 속에 남아 있기도 했고, 때로는 그 기억이 에드나를 괴롭히기도 했다.

퐁틀리에 씨는 **음악회**에 참석하지 않았다. 그는 음악회를 **속물** 모임이라며 클럽을 더 선호했다. 또 **음악회**에서 연주되는 곡들이 전부 너무 '엄숙'해서 자기처럼 정식 교육을 받지 못한 사람에게는 무척 어렵다고 아델에게 말하기도 했다. 그의 변명에 아델은 우쭐해졌으나, 그래도 클럽에만 가는 그가 내심 못마땅한 건 어쩔 수 없었다. 아델은 에드나에게도 그런 마음을 솔직하게 털어놓았다.

"퐁틀리에 씨가 저녁에 집에서 시간을 더 보내지 않는게 안타깝네요. 그러면 두 사람 사이가 좀…… 이런 말해도될지 모르겠지만, 좀 더 끈끈해질 텐데요."

"아, 그건 싫어요!" 공허한 눈빛으로 에드나가 말했다. "남편이 집에 있으면 내가 뭘 해야 하죠? 서로 할 얘기도 없을 거예요."

사실 에드나는 아버지와도 별로 할 얘기가 없었다. 그러나 아버지는 에드나를 화나게 하지도 않았다. 에드나는 문득아버지가 재미있는 사람이라는 생각이 들었다. 물론 그 생각이 오래가진 않았지만. 에드나는 태어나서 처음으로 아버지를 제대로 알게 된 것 같은 기분이 들었다. 아버지가 시키는일을 하느라 바쁘긴 해도 아버지를 위해 일하는 건 그런대로 즐거웠다. 가사도우미나 아이들의 도움도 마다하고 전부에드나가 직접 했다. 남편도 알아차렸지만 그가 믿어 의심치않던 부녀 간의 애정 표현이라고 생각했다.

대령은 토디를 하루에도 몇 잔이나 마셨지만 늘 꼿꼿한자세를 유지했다. 그는 독주를 만드는 데도 일가견이 있어서, 몇 가지 독주는 직접 만들어 근사한 이름까지 붙였다. 그가 독주를 만드는 데 필요한 다양한 재료를 요구하면 에드나는 아버지를 위해 재료를 구해왔다.

망들레 박사는 목요일에 퐁틀리에 부부와 식사를 했다. 그러나 그는 에드나에게서 남편이 말한 병적인 증상을 전혀 찾아볼 수 없었다. 에드나는 즐거워 보였고 환히 빛났다. 에드나는 그날 아버지와 경마장에 다녀왔는데, 저녁 식사 자리에서도 두 사람의 머릿속은 온통 오후에 있었던 일들로 가득했고 대화 주제도 경마가 전부였다. 박사는 경마에 관한 소식들을 다 꿰고 있지 못했지만 르콩트 경마장이 번창했던 '좋았던 시절'의 몇 가지 일화를 기억하고 있었다. 대화에서 소외되지 않고 요즘 세상이 어떻게 돌아가는지 아는 사람처럼 보이기 위해 박사는 그 기억들을 소환했다. 그러나 그의 옛날이야기는 대령에게 좋은 인상을 주기는커녕 관심을 끄는 데도 실패했다. 에드나가 아버지에게 마지막 판돈을 대주어 두 사람 모두에게 흡족한 결과를 얻었다고 했다. 게다가, 대령의 말에 따르면 그들은 아주 근사한 사람들도 만났다. 알세 아로뱅과 모티머 메리먼 부인, 제임스 하이캠프 부인이었다. 그들과 합석해 몇 시간 동안 대화를 나누었으며, 생각할수록 유쾌한 사람들이라고 덧붙였다.

　　퐁틀리에 씨는 경마에 특별히 관심이 없었고, 켄터키 농장의 운명을 생각하면 취미로 즐기는 것은 더더욱 말리고 싶었다. 그는 완곡하게 자신의 부정적인 견해를 밝혔지만 장인어른의 분노와 반감만 샀다. 두 사람 사이에 논쟁이 벌어지자 에드나는 적극적으로 아버지 편을 들었고 박사는 중립적인 태도를 보였다. 박사는 수북한 눈썹 밑으로 이 집 부인을 유심히 관찰했고, 덕분에 미묘한 변화를 알아차렸다. 그가 알던 예전의 무기력한 여자는 이제 삶의 활력이 넘치는 여자로 바뀌어 있었다. 말투는 따스하면서도 에너지가 넘쳤다. 눈빛이나 몸짓도 거침없었다. 그런 에드나를 보고 있자니 햇살 속에서 이제 막 깨어나는 아름답고 매끈한 동물이 떠올랐다.

저녁 식사는 훌륭했다. 클라레(프랑스 보르도 지방의 레드와인-옮긴이)는 따뜻했고 샴페인은 차가웠다. 자칫 어색해질 수도 있었던 분위기는 좋은 음식과 함께 누그러졌고 와인의 향기와 함께 사라졌다.

퐁틀리에 씨는 취기가 올라 회상에 젖었다. 그는 농장에서의 즐거운 추억과 이버빌에서 보낸 어린 시절에 대해 이야기했다. '동네 아이들과 주머니쥐를 잡고, 피칸 나무를 흔들어대고, 콩새들을 쏘고, 하릴없이 장난을 치며 숲과 들판을 누비던' 시절이었다.

유머 감각도 없고 분위기 파악도 못 하는 대령은 암울했던 시절의 우울한 이야기를 꺼내 늘어놓았다. 이야기 속에서 그는 항상 눈에 띄는 존재였고 항상 중요한 역할만 했다. 박사가 꺼내놓은 이야기도 썩 유쾌하진 않았다. 박사는 자기가 아는 어느 여인에 관한 흥미진진한 사연을 소개했다. 그 여인은 남편에 대한 애정이 시들해지자 새롭고 낯선 감정을 터뜨릴 분출구를 찾아 떠났지만 극도의 불안에 휩싸여 여러 날을 보낸 뒤 결국 본래 자신의 자리로 돌아왔다고 했다. 오랜 세월 의사로 일하면서 접한 수많은 사연 중 하나였다. 에드나에게는 크게 와닿지 않는 이야기였다. 에드나도 들려줄 이야기가 있었다. 어느 날 밤 통나무배를 타고 연인과 함께 도망쳐 다시는 돌아오지 않은 여자의 이야기였다. 바라타리아 군도 어딘가에서 사라진 두 사람은 지금까지도 소식을 들은 사람이 아무도 없다고 했다. 실은 순전히 지어낸 이야기였다. 앙트안 부인에게서 들은 이야기라고 했지만 그것마저도 에드나가 지어낸 말이었다. 아마도 그것은 에드나 자신이 간직한 꿈이었을 것이다. 그런데 에드나의 한마디 한마디가 얼마나 사실적이었는지, 듣는 사람 모두가 남부의 따스한 밤바람을 느낄 수 있었고, 달빛에 반짝이는 수면을 가르는 통나무배 소리와 바닷물이 웅덩이를 이룬 갈대숲에서 퍼드덕거리며 날아오르는 새들의 날갯짓 소리를 들을 수 있었다. 그리고 서로에게 꼭 붙어 있는 연인들의 창백한 얼굴을, 모든 것을 뒤로하고 저 멀리 미지의 세계로 떠내려가는 그들의 모습을 볼 수 있었다.

삼페인이 차가웠다. 삼페인의 은은한 향기가 그날 밤 에드나의 기억에 놀라운 마술을 부렸다.

　　벽난로의 온기와 은은한 램프의 불빛에서 벗어나 밖으로 나오니 밤이 차고 어두웠다. 망들레 박사는 낡은 외투를 단단히 여미고 어둠 속에서 집을 향해 걸었다. 그는 여느 남자들보다 인간에 대한 이해가 깊었다. 예리한 눈으로만 볼 수 있는 삶의 내면에 대해서도 잘 알고 있었다. 망들레 박사는 퐁틀리에 씨의 초대에 응한 것을 후회했다. 그는 이제 나이가 들었고 휴식을 취하며 마음 편히 살고 싶었다. 다른 사람의 비밀은 알고 싶지 않았다.

　　"아로뱅이 아니어야 할 텐데." 집으로 걸으며 그가 중얼거렸다. "제발, 알세 아로뱅만은 아니어야 할 텐데."

24

여동생의 결혼식에 참석하지 않겠다는 에드나의 말에 에드나와 아버지는 폭력에 가까운 격한 말다툼을 벌였다. 퐁틀리에 씨는 일절 나서지 않았고 어떤 영향력을 행사하지도 권위를 내세우지도 않았다. 그는 망들레 박사의 조언에 따라 에드나가 원하는 대로 하도록 내버려 두었다. 대령은 딸에게 부모를 존중하지도 않을 뿐더러 동생에 대한 애정도 없고 여자다운 배려심도 없다며 비난했다. 대령의 억지스러운 말에는 설득력이 없었다. 재닛이 그 어떤 변명도 받아들이지 않을 거라고 장담했지만 사실 에드나가 변명 자체를 하지 않았다는 건 잊고 있었다. 재닛이 다시는 언니와 말을 섞지 않을 거라고, 보나 마나 마거릿도 그럴 거라고 대령은 확신에 차서 에드나에게 말했다.

아버지는 마침내 결혼 예복과 신부에게 줄 선물들을 들

고 떠났다. 대령의 넓은 어깨도, 성경 읽는 소리도, 몇 잔씩 마시던 '토디'와 느릿느릿 내뱉는 욕설도 그와 함께 떠났다. 에드나는 속이 후련했다.

퐁틀리에 씨도 곧바로 떠났다. 그는 뉴욕으로 가는 길에 결혼식에 들러, 동생의 결혼식을 두고 벌이는 이해할 수 없는 에드나의 행동을 돈과 성의로 어떻게든 만회해보려 애썼다.

"자넨 너무 물러, 레옹스. 물러 터졌어." 장인이 단호하게 말했다. "권위와 강압이 필요해. 단호하게 나가야 한다고. 그게 아내를 다루는 유일한 방법이라네. 내 말 믿게."

대령은 본인이야말로 아내를 죽음으로 내몰았다는 사실을 모르고 있는 것 같았다. 퐁틀리에 씨도 막연하게나마 그런 의심을 품고 있었지만 이제 와 그런 말이 무슨 소용인가 싶었다.

정작 남편이 집을 떠날 때는 아버지가 떠날 때만큼 후련하지는 않았다. 그들이 꽤 오랫동안 떨어져 있어야 하는 날이 오자, 그제야 에드나는 그의 엄청난 배려와 일상적인 열렬한 애정의 표현들이 떠올라 마음이 풀어지고 남편이 애틋해졌다. 아무 탈 없이 건강하게 잘 다녀올지 걱정도 되었다. 에드나는 부산을 떨며 남편의 옷을 챙기고 두툼한 내복까지 넣어주었다. 꼭 아델이 했을 법한 행동이었다. 남편이 떠날

169

때는 그를 더없이 좋은 친구라고 부르며 울기도 했고, 머지않아 너무도 외로워지면 남편을 만나러 뉴욕으로 가게 될 거라는 확신이 들기도 했다.

그런데 막상 집에 혼자 있게 되니 찬란한 평화가 찾아왔다. 아이들도 없었다. 시어머니가 와서 아이들과 보모를 데리고 이버빌에 갔다. 노부인은 아들이 없는 동안 아이들이 방치될까 걱정이 된다는 얘기는 차마 꺼내지 못했다. 사실 생각이 거기까지 미치지도 못했다. 그저 아이들이 보고 싶어 죽을 지경이었다. 아이들에 대한 노부인의 집착은 다소 과한 편이었다. 매번 아이들이 '도시 샌님들'이 되는 것을 원치 않는다며 자신이 아이들을 데리고 있게 해달라고 애원하곤 했다. 아이들에게 냇물과 들판, 숲과 자유가 있는 전원생활을 경험하게 해주고 싶다는 것이었다. 어린아이들에게 그런 경험들은 너무도 소중하고, 아이들의 아버지가 어린 시절에 즐기고 배우며 사랑했던 삶을 맛보게 해주고 싶다고 했다.

드디어 혼자가 된 에드나는 안도의 한숨을 내쉬었다. 낯설고 달콤한 기분이었다. 에드나는 이 방에서 저 방으로, 마치 처음 구경하는 것처럼 집 안을 돌아다녔고 한번도 앉거나 기대어본 적 없는 것처럼 의자와 소파를 옮겨 다녔다. 그다음엔 창문과 덧창이 튼튼한지 살피듯 집 주위를 돌아다녔다. 꽃들은 이웃 같았다. 에드나는 정겹게 꽃에 다가갔다. 꽃밭에 있으니 마음이 한결 편안해졌다. 정원 산책로가 젖어 있어서 가사도우미에게 고무 샌들을 가져달라고 했다. 에드나는 정원에 머물면서 몸을 숙여 채소를 캐고, 가지를 치고, 말라 죽은 잎사귀들을 주웠다. 아이들의 강아지가 나와 훼방을 놓자 에드나는 강아지를 혼내다가 그만 웃음이 나왔고 결국 함께 놀았다. 오후 햇살 속에서 정원은 너무도 향기롭고 아름다웠다. 에드나는 꺾을 수 있는 꽃들은 전부 꺾어 집으로 가져갔다. 강아지도 에드나를 쫓아 들어왔다.

주방마저 흥미롭게 느껴졌다. 전에는 한번도 해보지 못한 생각이었다. 에드나는 주방으로 들어가 요리사에게 당분간 푸줏간에서 고기를 덜 받아야 하고, 빵과 우유를 비롯한 식료품도 평상시의 절반만 필요할 거라고 일러두었다. 그리고 퐁틀리에 씨가 없는 동안 자신은 무척 바쁠 것 같으니 부디 책임감을 갖고 저장실을 세심하게 관리해달라고 부탁했다.

그날 밤 에드나는 혼자 저녁 식사를 했다. 식탁 중앙에 가지 모양의 촛대를 하나만 놓아도 불빛은 충분했다. 에드나는 빛이 그리는 원 안에 앉아 있었고 빛이 없는 식탁의 나머지 부분은 침울하고 어두워 보였다. 요리사는 패기만만하게 맛있는 음식을 내왔다. 입에서 살살 녹는, **적당하게** 구운 안심 요리였다. 와인도 훌륭했고, **마롱글라세**(설탕 옷을 입힌 밤 과자-옮긴이)야말로 에드나가 원하던 바로 그 맛이었다. 편안한 **잠옷** 차림으로 식사를 하니 더할 나위 없이 기분이 좋았다.

레옹스와 아이들이 지금쯤 무얼 하고 있을까 생각하며 살짝 감상에 젖기도 했다. 강아지에게 고기를 한두 점 주면서, 에티엔와 라울 이야기를 다정히 들려주었다. 강아지는 따스하게 변한 주인의 모습에 놀라고 기뻐 어쩔 줄을 몰랐다. 가볍게 짖으면서 경쾌하게 돌아다니는 것으로 고마운 마음을 표현했다.

에드나는 식사 후 서재에 앉아 졸릴 때까지 에머슨 책을 읽었다. 그동안 책을 너무 등한시한 것만 같았다. 이제 시간을 온전히 마음대로 쓸 수 있게 되었으니 공부도 다시 시작해봐야겠다는 생각이 들었다.

상쾌하게 목욕을 마친 후 에드나는 잠자리에 들었다. 포근한 깃털 이불을 덮고 눕는 순간 지금껏 느껴보지 못한 편안함이 밀려들었다.

25

날씨가 음산할 때면 에드나는 그림을 그릴 수가 없었다. 햇살이 에드나의 기분을 한껏 어루만져주고 누그러뜨려주어야 했다. 에드나는 더 이상 헤매는 기분이 들지 않았다. 이젠 확신을 갖고 편안한 마음으로 그림을 그릴 수 있는 단계에 도달한 것 같았다. 야망을 내려놓았고 성취를 위해 애쓰지 않았다. 그림 그리는 것 자체만으로 만족감을 느꼈다.

비가 오거나 울적할 때면 밖으로 나가 그랜드 아일에서 사귄 친구들을 만났다. 그렇지 않은 날엔 집 안에 머물면서 어느덧 너무도 익숙해져 평온하게 느껴지는 우울을 음미했다. 그것은 절망이 아니었다. 깨지거나 지켜지지 않은 약속만을 남긴 채 삶이 지나가는 기분이 드는 것뿐이었다. 그러다가 또 어떤 날에는 가슴속에 여전히 남아 있는 젊음이 가져다주는 새로운 약속들에 귀를 기울였고, 이끌렸으며, 또 속았다.

에드나는 경마장에 가고 또 갔다. 알세 아로뱅과 하이캠프 부인이 어느 날 아로뱅의 마차를 타고 에드나를 찾아왔다. 하이캠프 부인은 세속적이지만, 꾸밈없고 지적이며 늘씬한 40대의 금발 미인으로, 무심해 보이는 파란 눈으로 사람을 뚫어지게 쳐다보곤 했다. 부인에겐 딸이 하나 있었는데, 부인은 그 딸을 핑계로 젊은 남자들과 어울려 다녔다. 알세 아로뱅도 그중 한 명이었다. 아로뱅은 경마장, 오페라 공연장, 사교 클럽에 자주 나타났다. 그는 항상 눈웃음을 지었고, 그와 눈을 마주치거나 그의 쾌활한 목소리를 들으면 누구라도 호감을 느끼지 않을 수 없었다. 대체로 조용한 편이었지만 때로는 살짝 무례하게 굴기도 했다. 미남인 데다 체격도 좋았고, 자신의 생각이나 감정에 과도하게 몰입하지 않는 사람이었다.

아버지와 함께 경마장에 온 에드나를 처음 만난 뒤로 아로뱅은 에드나를 열렬히 흠모하게 되었다. 그는 전에도 다른 장소에서 에드나를 만난 적이 있었지만, 경마장에 오기 전까지는 다가가기 어려운 사람처럼 느껴졌다. 하이캠프 부인이 이번 시즌 경마를 보러 가자고 에드나를 설득한 것도 아로뱅이 옆에서 부추겼기 때문이었다.

말을 직접 타는 사람이라면 얘기가 다르겠지만 구경하

는 사람 중에서는 에드나만큼 경주마에 대해 잘 아는 사람은 단연코 없었다. 에드나는 발언권이 센 사람답게 가운데 자리에 앉아 아로뱅의 허세를 비웃었고 하이캠프 부인의 무지에 한숨을 쉬었다. 경주마는 에드나의 어린 시절 친구이자 이웃이었다. 문득 마구간이 있던 풍경과 푸른 초원의 숨결이 기억 속에 되살아나 코끝에 맴도는 듯했다. 매끄러운 말들이 일렬로 그들 앞을 지나갈 때면 에드나는 자신도 모르는 새에 아버지처럼 말하고 있었다.

에드나는 거금을 걸었고, 행운의 여신은 그의 편이었다. 경마의 열기가 뺨과 눈동자에서 불타올라 혈관과 뇌까지 번져 에드나를 취하게 했다. 고개를 돌려 쳐다보는 사람도 있었다. 물론 그들 중 몇 명은 너무도 간절하고 좀처럼 얻기 힘든 귀한 '정보'를 얻어보려고 에드나의 말에 귀를 기울였다. 아로뱅도 그 열기에 감염되었고 자석처럼 에드나에게 끌렸다. 하이캠프 부인은 언제나처럼 꼿꼿하게 앉아서 무심한 표정으로 그들을 바라보며 눈썹을 치켜올렸다.

하이캠프 부인이 한사코 청해서 그들 일행은 부인의 집에서 식사를 하게 되었다. 아로뱅도 마차를 돌려보내고 그들과 함께했다. 부인의 딸은 오늘 '단테 독서회'에 가느라 그들과 함께 경마장에 못 갔는데, 딸을 데려가지 않은 것이 못내 안타까웠던 부인은 오늘 있었던 일들을 딸에게 설명해주려 애썼다. 부인의 딸은 제라늄 잎사귀 하나를 코에 대고 아무 말도 하지 않았지만, 뭔가 알면서 말을 안 하는 것 같은 표정이었다. 남편 하이캠프 씨는 대머리에 수수한 외모를 가졌으며 필요한 말만 하는 사람이었다. 그는 대체로 무반응으로 일관했다. 하이캠프 부인은 남편에게 예의를 갖추고 세심하게 배려했다. 식사 중에도 부인은 주로 남편에게만 말을 걸었고 식사 후에는 서재에서 램프 불빛 아래 앉아 함께 저녁 신문을 읽었다. 나머지 젊은 사람들은 그 옆의 응접실로 가서 이야기를 나누었다. 하이캠프 부인은 그리그의 곡을 몇 곡 연주했다. 부인은 그리그의 차가운 감성은 이해했지만 서정성은 이해하지 못한 것 같았다. 부인의 연주를 듣는 동안 에드나는 자신이 음악에 대한 애정을 잃은 건 아닌지 의문이 들었다.

에드나가 집으로 돌아갈 시간이 되자 하이캠프 씨가 실내화를 신은 자신의 발을 내려다보면서 어설프게 걱정하는 척 데려다주겠다고 말했다. 에드나를 진짜 데려다준 건 아로뱅이었다. 마차 여행은 길었고 마침내 그들이 에스플러네이드 스트리트에 도착했을 때는 꽤 늦은 시간이었다. 아로뱅은 성냥갑이 비었다면서 집에 잠깐 들어가 불을 빌려도 되겠냐고 물었다. 그는 성냥갑을 채웠지만 에드나의 집을 나설 때까지 불은 붙이지 않았다. 에드나가 흔쾌히 다음번에 또 같이 경마장에 가겠다고 하자 아로뱅은 그제야 집을 나섰다.

에드나는 피곤하지도 졸리지도 않았다. 그저 배가 고팠다. 하이캠프 부인의 집에서 먹은 음식은 맛은 훌륭했지만 양이 부족했다. 저장실을 뒤져 그뤼에르 치즈 한 장과 크래커 몇 조각을 찾았다. 아이스박스에 있던 맥주도 한 병 땄다. 에드나는 몹시 초조하고 흥분한 상태였다. 벽난로의 불씨를 뒤적이고 크래커를 한입 깨물며 아무 생각 없이 떠오르는 대로 노래를 흥얼거렸다.

에드나는 일이 터지기를 바랐다. 무슨 일이든 터지기를 바랐다. 정확히 어떤 일인지는 자신도 알지 못했다. 아로뱅이 30분 정도 더 머물며 경마 이야기를 나누지 않은 게 아쉬웠다. 경마장에서 번 돈을 세어보기도 했지만 그것 말고는 딱히 할 일이 없어서 잠자리에 들었다. 하지만 불안이 가시지 않아 그러고도 몇 시간을 뒤척였다.

남편에게 정기적으로 쓰기로 약속한 편지를 깜빡했다는 사실이 한밤중에 떠올랐다. 다음 날 경마 클럽에서 보낸 오후에 대해 남편에게 편지를 써야겠다고 생각했다. 눈이 말똥한 상태로 쓴 가상의 편지는 다음 날 실제로 쓴 편지와는 전혀 다른 내용이었다. 아침이 되어 가사도우미가 깨웠을 때, 에드나는 꿈을 꾸고 있었다. 꿈속에서 하이캠프 씨는 커널 스트리트의 악기 상점 입구에서 피아노 연주를 하고 있었고,

그의 아내는 에스플러네이드 스트리트의 마차에 함께 오르며 알세 아로뱅에게 이렇게 말하고 있었다. "저런 놀라운 재능이 있는데 아무도 몰라주다니 정말 안타까운 일이네요. 하지만 난 이만 가봐야 해요."

그로부터 며칠 뒤 알세 아로뱅이 마차를 타고 에드나를 찾아왔다. 하이캠프 부인은 함께 오지 않았다. 가는 길에 하이캠프 부인을 태울 거라고 했다. 그러나 이 상황을 모르는 하이캠프 부인은 외출 중이었고, 부인의 딸은 민속학회 지부 모임에 참석하는 날이라며 아쉽게도 함께 갈 수 없다고 했다. 아로뱅은 풀 죽은 표정으로 혹시 같이 갈 만한 사람이 있냐고 에드나에게 물었다.

에드나는 스스로 빠져나온 사교계를 뒤져 누군가를 찾고 싶은 마음이 없었다. 아델을 떠올리긴 했지만 그 아름다운 친구는 해가 저문 뒤에는 남편과 함께 동네를 천천히 걷는 것 말고는 외출을 하지 않았다. 라이스라면 아마 비웃을 것이고, 르브룅 부인이라면 좋아하겠지만 에드나가 어쩐지 내키지 않았다. 그래서 결국 아로뱅과 단둘이 경마장에 가게 되었다.

그날 오후는 무척 즐거웠다. 열이 오르내리듯 에드나는 흥분에 휩싸였다. 에드나의 말투가 친근하면서도 은밀해졌다. 아로뱅과 친해지는 건 하나도 힘들지 않았다. 그의 매너가 사람을 편안하고 허물없이 대하게 했다. 아름답고 매혹적인 이성을 만날 때면 아로뱅은 늘 서로를 알아가는 초기 단계를 건너뛰려고 노력했다.

아로뱅은 에드나의 집에서 저녁 식사를 했다. 함께 벽난로 가까이에 앉아 웃고 떠들며 시간을 보냈다. 에드나의 집을 나서기 전에 아로뱅은 만약 자신이 오래전에 에드나를 만났다면 삶이 많이 달라졌을 거라고 말했다. 특유의 천진함과 솔직함으로 자신이 한때 얼마나 망나니였는지도 얘기해주었다. 그는 셔츠 소매를 걷어 올리더니 열다섯 살 때 파리 외곽에서 충동적으로 싸움에 휘말렸다가 칼에 베였다는 손목의 흉터를 보여주었다. 흰 손목 안쪽에 난 붉은 흉터를 살펴보느라 에드나는 무심코 아로뱅의 손을 건드렸다. 순간 에드나는 충동적으로 그의 손을 꽉 움켜잡았다. 아로뱅은 자신의 손바닥을 누르는 뾰족한 손톱을 느꼈다.

에드나가 벌떡 일어나 벽난로 쪽으로 다가갔다.

"상처나 흉터를 보면 항상 불안해지고 속이 울렁거려요. 괜히 봤네요." 에드나가 말했다.

"미안해요, 이 상처가 그렇게 보기 힘들 줄은 몰랐어요." 아로뱅은 에드나를 뒤따라와서 사과했다. 사라져가던 에드나의 예전 자아는 아로뱅의 뻔뻔한 눈빛에 거부감을 느꼈지만, 깨어나는 에드나의 모든 감각은 그 눈빛에 이끌렸다. 에

179

드나의 표정을 통해 그 사실을 충분히 알아챈 아로뱅은 작별 인사를 하는 내내 손을 잡고 있었다.

"경마장에 또 갈 거예요?" 그가 물었다.

"아뇨, 이젠 갈 만큼 갔어요. 내가 딴 돈을 도로 다 잃고 싶지도 않고요. 날씨가 좋을 때 그림도 그려야 하고……."

"그렇군요. 그렇다면 그림을 그려야죠. 작품을 보여주겠다고 약속했잖아요. 화실은 언제 구경시켜줄 거예요? 내일?"

"아뇨!"

"그럼 모레?"

"아뇨, 모레는 안 돼요."

"제발 날 거부하지 말아요. 그림에 관해서라면 나도 좀 안다고요. 도움 될 만한 조언이라도 몇 마디 해줄 수 있을지 혹시 말아요."

"아뇨, 어서 가세요. 왜 인사를 하고도 안 가요? 난 당신이 마음에 안 들어요." 에드나가 격앙된 목소리로 말하며 손을 거두려 했다. 자신의 말에 무게도 진실도 없다는 생각이 들었고 그 역시 그렇게 느끼리란 걸 알았다.

"내가 마음에 안 든다니 서운하네요. 불쾌했다면 미안합니다. 그런데 내 어떤 점이 불쾌했나요? 내가 뭘 어쨌는데요? 용서할 수는 없나요?" 그러더니 그가 몸을 숙여 에드나의 손에 자신의 입술을 댔다. 영원히 거두고 싶지 않다는 듯이.

"아로뱅 씨." 에드나가 불편해하며 말했다. "오늘 오후에 너무 즐거워서인지 지금 내가 무척 흥분한 상태예요. 제정신이 아니에요. 내가 당신이 오해할 만한 행동을 했어요. 그러니 이제 그만 가요." 에드나의 목소리는 침착했다. 아로뱅은 테이블 위에 있던 모자를 집어 들고, 에드나에게 시선을 거두어 잦아드는 벽난로의 불길을 바라보았다. 그는 잠시 아무 말도 하지 않았다.

"당신의 행동을 오해한 게 아니에요." 마침내 그가 말했다. "나 자신의 감정 때문에 이러는 거예요. 저도 참을 수가 없었어요. 당신이 가까이에 있는데, 내가 어떻게 참을 수 있겠어요? 너무 신경 쓰지 마세요. 당신이 가라고 하면 전 갑니다. 오지 말라고 하면, 안 올게요. 하지만 다시 오는 걸 허락만 해주신다면 저는, 아, 다시 오게 해주실 거죠?"

그가 애원하는 눈빛으로 쳐다보았지만 에드나는 그 눈빛에 답하지 않았다. 알세 아로뱅의 태도는 가끔 너무도 진심 같아서 그 자신마저 속는 것 같았다.

그가 진심인지 아닌지 에드나는 상관하지 않았다. 혼자 남은 에드나는 그가 따스하게 입 맞췄던 손등을 덤덤하게 바라보았다. 그리고 벽난로에 이마를 기대었다. 마치 한순간의 열정에 휩싸여 부정을 저지른 사람이 그 황홀경에서 완전히 벗어나지 못한 채, 자신이 얼마나 큰 잘못을 저질렀는지 깨닫는 기분이었다. 그 순간 한 가지 생각이 뇌리를 스쳤다. '그 사람이 알면 뭐라고 할까?'

남편을 떠올리며 한 생각이 아니었다. 로베르 르브룅을 떠올리며 한 생각이었다. 이제 남편은 사랑 없이 결혼한 사람처럼 느껴졌다.

에드나는 촛불을 켜고 방으로 올라갔다. 알세 아로뱅은 에드나에게 아무 의미도 없는 사람이었다. 그런데도 그의 존재, 그의 행동, 그의 따스한 눈빛, 무엇보다도 손등에 닿던 그의 입술에 마약처럼 취했다. 에드나는 허망한 꿈으로 뒤엉킨 나른한 잠에 빠져들었다.

26

알세 아로뱅은 에드나에게 진심 어린 장문의 사과 편지를 썼다. 그 편지를 읽은 에드나는 당혹스러웠다. 냉정하고 침착한 상태에서 생각해보니, 아로뱅의 행동에 너무 진지하고 유난스럽게 반응했던 자신이 한심하게 느껴졌다. 에드나의 자의식이 그의 행동에 지나친 의미를 부여했다는 확신이 들었다.

그런데 아로뱅의 편지를 무시해버리면 그 또한 그 일에 의미를 부여하는 셈이었다. 그렇다고 그의 편지에 진지한 답장을 하자니 그에게 흔들린 순간이 있었다는 인상을 줄 것 같았다. 생각해보면 손에 입을 맞춘 게 다인데 그게 무슨 대수인가. 그런 일로 그가 사과 편지까지 썼다는 게 더 화가 났다. 에드나는 최대한 가볍게 농담조로 답장을 했고 언제든 오고 싶을 때, 혹은 기회가 될 때 화실에 들르라고 썼다.

아로뱅은 특유의 천진난만한 모습으로 곧바로 에드나의 집에 나타나는 것으로 화답했다. 그리고 그날 이후 에드나는 하루도 빠짐없이 아로뱅과 만나거나 아로뱅의 소식을 들었다. 아로뱅은 어떻게든 만날 구실을 만들었다. 아로뱅은 에드나를 흔쾌히 따랐고 말없이 흠모했다. 냉정했다가도 이내 상냥해지는 에드나의 기분에 언제고 기꺼이 맞추었으며, 에드나는 그에게 익숙해졌다. 두 사람은 서서히 친밀해지고 돈독해지다가, 어느 순간 훌쩍 가까워졌다. 아로뱅의 얘기를 듣다 보면 에드나는 처음에는 놀라다가 이내 얼굴을 붉히게 되곤 했다. 그의 말이 에드나의 내면에서 초조하게 꿈틀거리던 동물적 본능을 건드렸고, 결국엔 에드나를 즐겁게 했다.

온갖 감정의 소용돌이를 진정시키기 위한 방법으로는 라이스의 집을 방문하는 것만큼 효과적인 게 없었다. 라이스의 짜증 나는 성격에도 불구하고 그의 숭고한 예술은 에드나의 영혼에 닿아 영혼을 해방시키는 것 같았다.

안개가 자욱하고 하늘이 잔뜩 찌푸린 어느 날 오후, 에드나는 그 피아니스트의 꼭대기 집으로 이어진 계단을 올랐다. 습기로 옷이 축축했다. 에드나가 초췌한 몰골로 추위에 떨며 안으로 들어섰다. 라이스는 녹슨 난로를 부지깽이로 뒤적이고 있었지만 연기만 날 뿐 실내 공기를 덥히기엔 역부족이었다. 그는 난롯불 위에 주전자를 올려놓고 코코아를 데

우는 중이었다. 실내는 칙칙하고 우중충했다. 먼지로 뒤덮인 베토벤 흉상이 벽난로 위에서 에드나를 노려보고 있었다.

"아! 해님이 오셨네!" 난로 앞에 쪼그려 앉아 있던 라이스가 일어서며 외쳤다. "이젠 집이 따듯해지고 환해질 테니 불은 혼자 타게 내버려 두어야겠어요."

라이스는 난로 뚜껑을 닫고 에드나에게 다가와 젖은 우비를 벗는 것을 도왔다.

"몸이 차요. 몰골이 말이 아니네요. 곧 코코아가 데워질 거예요. 아니, 코코아보다 브랜디나 한잔하는 게 어때요? 내가 감기 들었을 때 당신이 가져온 브랜디를 그날 이후로 손도 안 댔거든요." 라이스는 빨간 목도리를 두르고 있어서 목을 움직이기가 불편한지 고개를 한쪽으로 기울이고 있었다.

"브랜디 마실게요." 장갑과 장화를 벗으며 에드나가 말했다. 그러고는 잔에 담긴 술을 거침없이 들이켜더니 불편한 소파에 털썩 주저앉으며 말했다. "나 집에서 나오려고요."

"아!" 놀란 기색도, 특별히 관심을 보이는 기색도 없이 라이스가 탄식을 내뱉었다. 라이스를 놀라게 하는 건 아무것도 없는 것 같았다. 그는 머리에 느슨하게 꽂은 제비꽃을 매만졌다. 에드나가 그를 소파로 끌어 앉히고는 자기 머리에 꽂힌 핀을 하나 뽑아 라이스의 조화를 고정해주었다.

"안 놀랐어요?"

"조금요. 어디로 갈 건데요? 뉴욕? 이버빌? 미시시피의 아버지 집? 어디죠?"

"두 발짝 옆으로요." 에드나가 웃었다. "모퉁이를 돌면 방 네 칸짜리 조그만 집이 있거든요. 그 집으로요. 그 집을 지나칠 때마다 참 아늑해 보였어요. 예쁘고 편안해 보이더라고요. 임대로 나왔더군요. 저택을 관리하는 게 이제 너무 지겨워요. 어차피 내 집처럼 느껴지지도 않는데 손이 너무 많이 가요. 사람도 너무 많이 필요하고 사람 부리는 것도 지겨워요."

"그게 진짜 이유는 아니잖아요, **아름다운 부인!** 난 못 속여요. 어떤 이유인지는 모르겠지만, 당신은 진실을 말하고 있지 않네요." 에드나는 그 말에 부인하지도 변명하지도 않았다.

"그 저택, 그리고 그 저택에 들어가는 돈, 다 내 것이 아니잖아요. 이유는 그걸로 충분하지 않은가요?"

"전부 다 당신 남편의 것이죠." 라이스는 어깨를 으쓱하고 눈썹을 짓궂게 치켜올리며 말했다.

"아, 정말 당신은 속일 수가 없네요. 다 얘기할게요. 실은 내 심경의 변화 때문이에요. 어머니가 남긴 유산이 좀 있어서 아버지가 내게 돈을 조금씩 보내주고 있어요. 경마에서 큰돈을 따기도 했고, 그림도 조금씩 팔리고 있어요. 레드포르 씨가 내 그림을 점점 더 흡족해해요. 그림에서 힘과 개성이 느껴진대요. 정말 그런지는 나도 잘 모르겠지만, 그림 그리는 게 점점 더 편안해지고 자신감이 생기는 건 느껴져요. 어쨌든, 아까 말한 것처럼 레드포르 씨를 통해서 그림을 꽤 팔아서 그 조그만 집에서 가사도우미 한 명만 두고 그럭저럭 살 수 있을 것 같아요. 가끔 일을 도와주는 셀레스틴이 나와 함께 살면서 집안일을 봐주겠대요. 그렇게 살면 참 좋을 것 같아요. 진정한 자유와 독립을 맛보는 기분이겠죠."

"남편은 뭐라고 하던가요?"

"아직 말 안 했어요. 오늘 아침에 떠오른 생각이거든요. 보나 마나 내가 미쳤다고 하겠죠. 어쩌면 당신도 그렇게 생각할지 모르지만."

라이스가 천천히 고개를 저었다. "내가 듣기엔 여전히 명확하지가 않은데요."

에드나 스스로도 명확하지 않았다. 그런데 잠시 말없이 앉아 있는 동안, 그 이유가 저절로 모습을 드러냈다. 남편에 대한 신의를 저버리려면, 먼저 그가 제공하는 풍족한 생활에서 벗어나야 한다는 본능적 판단 때문이었다. 그가 돌아오면 어떤 상황이 벌어질지 알 수 없었다. 이해와 설명이 필요한 일이었다. 그러나 상황은 어떻게든 해결될 것이다. 앞으로는 무슨 일이 있어도 자신 외의 다른 사람에게 구속되고 싶지는 않았다.

"살던 집에서 떠나기 전에 성대한 만찬을 열어야겠어요!" 에드나가 소리쳤다. "그때 꼭 와줘요. 당신이 먹고 싶은 것, 마시고 싶은 것 전부 다 드릴게요. 우리도 한 번쯤은 노래하고 웃으며 즐겨야 하잖아요." 에드나는 저 깊은 곳에서 올라오는 한숨을 내쉬었다.

만약 그사이 로베르에게서 편지가 왔다면 라이스는 에드나가 청하지 않아도 보여주었을 것이다. 그리고 에드나가 편지를 읽는 동안 아마 피아노 앞에 앉아 마음 가는 대로 연주를 했을 것이다.

조그만 난로가 아우성을 쳤다. 난로가 벌겋게 달아올랐고 주전자에 담긴 코코아가 지글거리고 칙칙거렸다. 에드나가 난로 뚜껑을 열자 라이스는 일어나 베토벤 흉상 밑에 있던 편지를 꺼내 에드나에게 전해주었다.

"또 왔군요! 이렇게나 빨리 오다니!" 에드나가 소리쳤다. 두 눈에 기쁨이 가득했다. "말해봐요, 그 사람이 내가 자기 편지를 읽는다는 걸 알고 있나요?"

"그럴 리가요! 만약 그걸 알았다면 내게 무척 화가 나서 다시는 편지를 안 썼을걸요. 그 사람이 당신에게 편지를 썼나요? 한 줄도 안 썼죠. 당신에게 말을 전해달라고 한 적이 있던가요? 한번도 없었죠. 봐요, 전부 그 사람이 당신을 사랑하기 때문이에요. 이 가엾은 바보 같으니라고. 그 사람은 지금 당신을 잊으려 애쓰고 있어요. 그의 얘기를 듣거나 그의 사람이 될 자유가 당신에겐 없으니까요."

"그럼 당신은 왜 내게 그 사람 편지를 보여주는 거죠?"

"보여달라고 당신이 애원하지 않았나요? 내가 그걸 거절할 수 있나요? 아, 당신은 절대 날 못 속여요." 라이스는 사랑해 마지않는 자신의 악기로 다가가 연주를 시작했다. 에드나는 편지를 곧바로 읽지 않았다. 손에 쥐고 우두커니 앉아 있었고, 그러는 동안 음악은 마치 광채처럼 온몸으로 스며들어 영혼 어두운 곳까지 따스하게 환히 밝혔다. 에드나는 더 없는 기쁨을 느낄 마음의 준비를 했다.

"아!" 에드나가 편지를 바닥에 떨어뜨리며 소리쳤다. "왜 말 안 했어요?" 에드나는 피아노로 다가가 건반 위에 있던 라이스의 손을 붙잡았다. "이건 좀 잔인하잖아요! 정말 너무해요! 왜 말 안 했어요?"

"그가 곧 돌아온다는 얘기요? 뭐 대단한 소식도 아닌걸요, **정말로!** 더 빨리 돌아오지 않은 게 의문이죠?"

"그래서 언제요? 언제 온대요?" 에드나가 조바심을 내며 소리쳤다. "정확히 언제 온다는 말은 없네요."

"곧 온다잖아요. 나도 당신이 아는 만큼밖에 몰라요. 편지에 있는 게 전부예요."

"하지만 왜죠? 왜 온다는 거예요? 진작 이 사실을 알았다면……." 에드나가 바닥에 있던 편지를 도로 주워서 이리저리 살펴보며 이유를 찾아보았다.

"만약 내가 다시 젊어져서 어떤 남자와 사랑에 빠진다면." 라이스가 의자 위에서 돌아앉으며 자신의 가냘픈 손목을 무릎 사이에 놓고 에드나를 내려다보았다. 에드나는 편지를 들고 바닥에 앉아 있었다. "그 사람은 **원대한 이상**을 가진 사람일 거예요. 숭고한 목표가 있고 그 목표를 달성할 능력이 있는 사람. 너무도 눈에 띄어서 동료들의 시선을 끄는 사람. 내가 다시 젊어져서 어떤 남자와 사랑에 빠진다면, 평범한 사람에게 나의 헌신적인 사랑을 바치진 않을 거예요."

"이번엔 당신이 날 속이려 하는군요. 아니면 한 번도 사랑에 빠져본 적이 없어서 사랑에 대해 아무것도 모르거나." 에드나는 자신의 무릎을 감싼 채 라이스의 일그러진 얼굴을 올려다보며 말을 이었다. "사람들이 이유가 있어서 사랑을 하는 거라고 생각해요? 사랑할 사람을 직접 고르는 거라고 생각하나요? '바로 저 사람이야! 저 정치인은 대통령이 될 사람이니 저 사람하고 사랑에 빠져야겠어!'라거나 '누구나 다 아는 저 유명한 음악가와 사랑에 빠져야겠어!', '전 세계의 금융을 주무르는 이 금융가와 사랑에 빠져야지!'라고 생각할까요?"

"당신은 지금 일부러 내 말을 곡해하고 있어요. **여왕님**. 로베르를 사랑하나요?"

"네." 에드나가 대답했다. 그 사실을 인정하기는 처음이었다. 에드나의 얼굴이 벌겋게 물들며 붉은 반점들이 돋아났다.

"왜죠?" 친구가 물었다. "왜 사랑해선 안 될 사람을 사랑하죠?"

에드나는 무릎을 들썩이며 라이스 앞으로 다가갔고, 라이스는 두 손으로 에드나의 달아오른 얼굴을 감싸 쥐었다.

"왜냐고요? 왜냐하면, 그의 머리카락이 갈색이고 관자놀이에서부터 자라니까요. 왜냐하면, 그가 눈을 뜨기도 하고 감기도 하고, 코는 약간 비뚤어졌고, 입술은 위아래 두 개이고, 턱은 각이 졌고, 어렸을 때 야구를 너무 열심히 하다가 다쳐서 약지를 반듯하게 펼 수 없기 때문이에요. 그리고……."

"한마디로, 당신이 그를 사랑하기 때문이죠." 라이스가 웃었다. "그가 돌아오면 무얼 할 건가요?"

"무얼 할 거냐고요? 아무것도요. 다만 살아 있는 게 기쁘고 행복하겠죠."

그가 돌아올 거라는 생각만으로도 에드나는 이미 기쁘고 행복해졌다. 진창길을 철벅거리며 집으로 돌아갈 때도, 불과 몇 시간 전만 해도 자신을 우울하게 했던 낮고 흐린 하늘이 상쾌하게 느껴졌고 기운이 솟았다.

에드나는 제과점에 들러 이버빌의 아이들에게 보낼 커다란 봉봉캔디 한 상자를 샀다. 사랑과 입맞춤을 보낸다는 내용의 카드도 넣었다.

저녁 식사 전에 에드나는 남편에게도 다정한 편지를 보냈다. 조만간 모퉁이의 조그만 집으로 이사할 계획이며, 떠나기 전에 송별 파티를 할 거라고 썼다. 당신이 파티에 함께할 수 없어서, 함께 메뉴를 선정하고 손님들을 즐겁게 할 수 없어서 아쉽다고 썼다. 에드나의 편지는 화사했고 활기가 넘쳤다.

27

"대체 무슨 일이에요?" 그날 저녁 아로뱅이 물었다. "이렇게 기분 좋은 모습은 처음 봐요." 에드나는 피곤해서 벽난로 앞 소파에 등을 기대고 앉아 있었다.

"곧 날이 갤 거라는 예보 못 들었어요?"

"하긴 그것도 이유가 될 수는 있겠네요." 아로뱅은 에드나의 말에 일단은 넘어가주었다. "여기 앉아서 저녁 내내 캐물어도 진짜 이유는 말 안 해주겠죠." 그가 나지막한 탁자에 걸터앉아 에드나의 이마에 흘러내린 머리카락을 손가락으로 살짝 어루만지며 말했다. 머리카락 사이로 느껴지는 그 손길이 좋아서 에드나가 눈을 감았다.

에드나가 말했다. "조만간, 잠시 일을 다 놓고 생각해볼 거예요. 과연 내가 어떤 여자인지에 대해. 솔직히 난 내가 어떤 여자인지 잘 모르겠거든요. 내가 아는 모든 윤리적 규범에 비추어보면, 난 악마처럼 사악하기 그지없는 여자예요. 하지만 난 왠지 내가 사악하다는 생각이 들지 않아요. 생각을 좀 해봐야겠어요."

"생각하지 말아요. 그래봐야 무슨 소용이 있죠? 당신이 어떤 여자인지는 내가 말해줄 수 있는데, 왜 군이 당신이 그런 생각을 해야 하죠?"그의 손가락이 에드나의 따스하고 보드라운 뺨과, 살이 올라 약간 접히기 시작하는 턱을 쓰다듬었다.

"아, 그렇네요. 당신은 내가 사랑스러운 여자라고 말하겠죠. 나의 모든 게 매혹적이라고. 군이 말해줄 필요 없어요."

"아뇨, 그런 말은 안 해요. 하지만 그렇게 말한다고 해도 거짓말은 아니죠."

"라이스 양 알아요?"에드나가 뜬금없이 물었다.

"피아니스트? 얼굴은 알아요. 연주를 들은 적도 있고요."

"라이스는 가끔 아무렇지도 않게 이상한 소릴 하는데, 그 말을 들을 땐 잘 모르다가 지나고 나면 생각해보게 되곤 해요."

"예를 들면요?"

"예를 들면, 오늘 라이스의 집을 나서는데 라이스가 날 두 팔로 끌어안더니, 내 날개가 튼튼한지 보겠다면서 내 어깨뼈를 만지는 거예요. 그러더니, 새가 관습과 편견의 광야에서 높이 날아오르려면 날개가 튼튼해야 한대요. 약한 새가 상처받고 지쳐서 푸드덕거리며 땅으로 내려앉는 걸 바라보는 건 서글픈 일이라나."

"어디로 날아오를 건데요?"

"난 날아오를 생각이 없어요. 라이스의 말은 반쯤만 이해했어요."

"그 여자 정신이 좀 이상하다던데." 아로뱅은 말했다.

"내가 보기엔 지극히 정상이에요." 에드나가 대답했다.

"무례하고 불쾌한 여자라고 들었어요. 난 당신 얘기를 하고 싶은데 당신은 왜 자꾸 그 여자 얘기를 하죠?"

"아, 내 얘기 하고 싶으면 해요." 에드나는 손깍지를 머리 뒤로 넘기며 크게 말했다. "난 당신이 얘기하는 동안 딴생각할래요."

"오늘 밤엔 당신이 하는 생각에 질투가 나네요. 그 생각을 하는 당신은 평소보다 더 다정해 보여요. 하지만 갈피를 못 잡고 이리저리 떠도는 것 같아요. 나와 함께 여기 머무는 것 같지가 않고요." 에드나가 그를 쳐다보며 미소를 지었다. 그의 눈이 가까이에 있었다. 그는 소파로 몸을 숙여, 반대쪽 팔은 여전히 에드나의 머리카락을 만지면서 한 팔을 에드나에게 뻗었다. 두 사람은 말없이 서로의 눈을 바라보았다. 그가 몸을 낮춰 입을 맞추자, 에드나가 그의 머리를 붙잡고 그의 입술을 자신의 입술에 고정했다.

그것은 에드나가 살면서 진짜 본능으로 화답한 첫 번째 키스였다. 그 키스는 타오르는 횃불처럼 욕망에 불을 지폈다.

28

그날 밤 아로뱅이 떠난 뒤, 에드나는 조금 울었다. 그것은 에드나를 덮친 여러 복잡 미묘한 감정들 중 하나일 뿐이었다. 무엇보다도 자신이 무책임한 여자라는 생각이 그를 압도했다. 예상치 못했던 돌발적인 행동이었고 그로 인한 충격도 있었다. 안락한 삶을 위해 남편이 마련해준 집 안의 모든 것들이 자신을 비난하는 것 같았다. 내면에서 깨어난 로베르를 향한 사랑 때문에, 로베르마저도 자신을 비난하는 것 같았다. 그를 향한 사랑은 더 빠르고, 맹렬하고, 위압적으로 타올랐다.

무엇보다도 에드나는, 마치 눈앞에서 안개가 걷히듯 이제야 비로소 삶의 의미를, 잔혹하고도 아름다운 괴물과도 같은 그것을 이해할 수 있었다. 그러나 밀려드는 온갖 감정 중에 수치심이나 후회는 없었다. 그저 자신을 불타오르게 한 그 키스가 사랑의 키스가 아니었다는 것, 입술에 생명의 잔을 대어줄 사랑이 아니었다는 것이 아쉽고 괴로울 뿐이었다.

29

이사 문제에 관한 남편의 의견이나 뜻은 기다리지 않고, 에드나는 저택을 떠나 길모퉁이의 작은 집으로 이사할 준비를 서둘렀다. 불안한 열망이 에드나의 모든 행동을 한곳으로 몰았다. 생각을 행동으로 옮기기 전에 숙고할 시간도, 쉴 시간도 없었다. 아로뱅과 함께 시간을 보낸 다음 날, 에드나는 아침 일찍부터 새집을 계약하고 서둘러 자신의 물건들로 집을 채웠다. 새집에 있으니 금지된 사원의 성역에 들어온 것 같은 기분이 들었다. 수천 개의 목소리가 지난날에 작별을 고하라고 속삭이는 것만 같았다.

본래 자신의 것이었던 물건들, 남편의 돈이 아닌 자신의 돈으로 장만한 모든 것들은 새집으로 옮겨서 미약하나마 자산에 보탰다.

아로뱅이 오후에 찾아왔을 때 에드나는 소매를 걷어붙

이고 하인들과 일하고 있었다. 에드나는 눈부시게 아름다웠고 활기가 넘쳤다. 낡은 파란색 작업복을 입고 먼지를 피하려 빨간 실크 손수건으로 머리카락을 아무렇게나 둘둘 말아 올린 에드나는 그 어느 때보다도 근사했다. 아로뱅이 들어섰을 때 에드나는 높은 사다리 위에 올라가 그림 한 점을 벽에서 떼어내는 중이었다. 마침 문이 열려 있어서 아로뱅은 인사도 없이 불쑥 들어왔다.

"내려와요!" 그가 말했다. "죽고 싶은 거예요?" 에드나는 일부러 그를 덤덤하게 맞이하면서 하던 일에 몰두하는 척했다.

에드나가 감정에 북받쳐 눈물을 흘리며 자신에게 질척대거나 나무라는 모습을 기대했다면, 아로뱅은 적잖이 놀랐을 것이다. 아로뱅은 눈앞에 닥친 상황을 편안하고 유연하게 풀어나가는 사람답게, 어떤 돌발 상황이 벌어져도 대처할 수 있는 만반의 준비를 하고 있었다.

"제발 내려와요." 사다리를 붙잡고 에드나를 올려다보며 아로뱅이 말했다.

"싫어요." 에드나가 말했다. "엘런은 사다리에 올라가는 걸 무서워하고, 조는 '비둘기 집'에서 일하는 중이거든요. 엘런이 그 집에 그런 이름을 붙였어요. 너무 작아서 비둘기 집처럼 보인다나. 어쨌든 누군가는 이 일을 해야만 해요."

아로뱅이 코트를 벗고 에드나 대신 기꺼이 운명을 시험해볼 준비가 되었음을 알렸다. 엘런이 그에게 작업용 모자를 하나 가져다주었다. 아로뱅이 거울 앞에서 한껏 우스꽝스럽게 모자를 쓰자, 엘런이 참지 못하고 웃음을 터뜨리는 바람에 얼굴이 일그러졌다. 그의 부탁으로 모자 끈을 조여주던 에드나도 웃음을 참을 수 없었다. 그렇게 결국 아로뱅이 사다리를 타고 올라가서, 에드나가 시키는 대로 그림과 커튼, 장식품 들을 떼어냈다. 일을 다 마치고 나서 그는 작업모를 벗고 손을 씻으러 갔다. 에드나가 탁자에 앉아 먼지떨이로 카펫을 쓸어내고 있을 때 그가 다시 돌아왔다.

"더 시킬 일 없어요?" 그가 물었다.

"그게 다예요. 나머지는 엘런이 할 거예요." 아로뱅과 단둘이 있고 싶지 않아서, 에드나는 일부러 엘런을 거실에 머물게 했다.

"송별 만찬은요?" 그가 물었다. "그 성대한 행사 말이에요, **쿠데타**!"

"모레 하려고요. 그걸 왜 **쿠데타**라고 부르죠? 정말 멋진 만찬이 될 거예요. 내가 가진 가장 좋은 것들을 꺼내려고요. 크리스털 식기, 금이나 은 식기, 오래된 물건들, 세브르 도자기, 꽃, 음악, 헤엄치고도 남을 정도로 넉넉한 샴페인. 계산은 레옹스에게 맡기려고요. 청구서를 보면 뭐라고 할지 궁금하네요.”

"그럴 거면서 왜 그걸 **쿠데타**라고 부르냐고요?" 아로뱅
이 코트를 입고 에드나 앞에 서서 크라바트(넥타이처럼 매는 남성
용 스카프-옮긴이)가 반듯한지 물었다. 에드나는 시선을 그의 코
트 칼라 아래로 두려 애쓰며 잘 되어 있다고 대답했다.

"엘런 말마따나 그 '비둘기 집'에는 언제 들어가요?"

"모레 만찬이 끝난 뒤에요. 그날 그 집에서 잘 거예요."

"엘런, 물 한잔만 가져다줄래요? 이런 말 하기 좀 그렇지
만, 커튼 먼지 때문에 목이 너무 따가워요."

"엘런이 물을 가져오는 동안, 작별 인사를 하고 당신은
보내드릴게요. 나도 좀 씻어야 하고, 할 일도 많고 생각할 일
도 많거든요." 에드나가 일어서며 말했다.

"언제 볼 수 있을까요?" 가사도우미가 방을 나서자 에드
나를 붙잡으려고 아로뱅이 물었다.

"당연히 만찬 때 봐야죠. 초대할게요."

"그전에는요? 오늘 밤이나 내일 아침, 아니면 내일 오후
나 내일 밤은요? 그것도 아니면 모레 아침이나 모레 점심은
요? 정말 내가 꼭 말을 해야만 알겠어요? 그 시간이 얼마나
길게 느껴지는지?"

아로뱅이 거실 계단 앞까지 에드나를 따라갔고, 에드나
는 고개를 반쯤 돌려 그를 내려다보면서 계단을 올라갔다.

"그보다 더 빨리는 안 되겠는데요." 그렇게 말하면서도 에드나는 웃으며 그를 쳐다보았다. 그 시간을 견딜 용기를 주면서 한편으론 그 시간을 고문으로 만드는 눈빛이었다.

30

에드나는 그날의 저녁 식사가 성대한 만찬이 될 것처럼 말했지만, 사실 꽤 조촐한 모임이었다. 소수만 까다롭게 선별하여 초대했는데, 아델은 몸이 극도로 **쇠약해져서** 참석하지 못한다고 했고 르브룅 부인도 참석하지 못해 유감이라는 소식을 전해왔다. 하지만 에드나는 그걸 잊은 채 둥근 마호가니 테이블에 열두 명의 자리를 마련했다. 참석자는 결국 열 명이 전부였지만, 열 명은 아늑하고도 편안한 인원이었다.

메리먼 부부도 참석했다. 메리먼 부인은 아담한 체구에 성격이 쾌활했고, 남편은 살짝 경박하게 유쾌한 사람이었다. 그는 다른 사람들의 농담에 크게 웃으며 호응해줘서 호감을 샀다. 하이캠프 부인도 그들과 함께 왔다. 당연히 알세 아로뱅도 왔고 라이스도 초대에 응했다. 에드나는 라이스에게 머리에 꽂을 싱싱한 제비꽃 생화 한 다발과 검은 레이스 장식을 보냈다. 아델의 남편 라티뇰 씨도 참석해 아내가 오지 못한 이유를 설명했다. 마침 뉴올리언스에 와 있던 빅토르도 초대를 기꺼이 수락했다. 더 이상 10대가 아닌 메이블런트도 왔다. 메이블런트는 손잡이가 달린 안경을 눈에 대고 엄청난 호기심을 품고 주위를 살폈다. 사람들 사이에서 똑똑하기로 유명한 메이블런트는 **가명**으로 소설을 썼다는 소문도 돌았다. 메이블런트는 구버네일이라는 신사와 함께 왔는데, 어느 신문사와 관련된 일을 하는 사람이라고 했다. 그는 주위를 유심히 관찰하거나 조용하고 무난하다는 것 외에는 이렇다 할 특징이 없었다.

8시 반이 되어 모두 자리에 모이자 에드나가 마지막으로 와서 앉았다. 아로뱅과 라티뇰 씨가 에드나의 양옆에 앉았고, 하이캠프 부인은 아로뱅과 빅토르 사이에 앉았다. 그 옆에 메리먼 부인, 구버네일, 메이블런트, 메리먼 씨가 차례대로 앉았고, 라이스가 라티뇰 씨 옆에 앉았다.

줄무늬 레이스 아래 깔아놓은 연노랑 새틴 식탁보의 은은한 광채 덕분에 기막히게 아름다운 분위기가 연출되었다. 가지 모양의 거대한 청동 촛대에 꽂힌 초들이 노란 실크 전등갓 밑에서 보드랍게 타고 있었고, 노랗고 붉은 탐스러운 장미들이 향기롭고 곳곳에 넘쳐났다. 에드나가 말한 것처럼 금이나 은, 크리스털 식기가 사람들의 몸에 걸친 보석들처럼 반짝였다.

　평상시에 쓰던 딱딱한 식탁 의자는 오늘의 만찬을 위해 전부 치우고 집안 곳곳에서 편안하고 화려한 의자들을 가져왔다. 왜소한 체구의 라이스는 어린아이들이 종종 하는 것처럼 방석을 높이 쌓아놓고 그 위에 앉았다.

　"새 거예요, 에드나?" 메이블런트가 기다란 손잡이가 달린 자신의 안경을 에드나의 머리에 들이대며 물었다. 에드나의 이마 바로 위에는 반짝이다 못해 이글거리는 커다란 다이아몬드 장식이 촘촘히 박혀 있었다.

　"새 거예요. '완전히' 새 거죠. 사실 오늘이 내 생일이고, 난 오늘부로 스물아홉 살이 되었어요. 이따가 나의 건강을 위해 건배해주세요. 일단은 칵테일로 시작하죠. 이 칵테일은 저희 아버지가 발명해낸…… '발명했다'는 표현이 맞아요, 메이블런트 양? 아무튼 저희 아버지가 여동생 재닛의 결혼식을 위해 '발명한' 칵테일이에요."

　손님들 앞에는 석류석처럼 반짝이는 조그만 유리잔이 놓여 있었다.

　"그렇다면." 아로뱅이 말했다. "대령님이 발명한 가장 매혹적인 여인의 생일날, 대령님이 발명한 칵테일로, 대령님의 건강을 기원하며 첫 잔을 시작하는 것도 여러모로 나쁘지 않겠군요."

아로뱅의 재치 있는 말에 메리먼 씨가 웃었다. 그가 너무 진심으로 웃음을 터뜨린 까닭에 다른 사람들에게도 웃음이 번지면서 만찬의 분위기는 화기애애해졌다. 이후로도 줄곧 그 분위기가 유지되었다.

메이블런트는 자기 앞에 놓인 칵테일을 마시지 않고 그냥 보고 있게 해달라고 부탁했다. 이토록 황홀한 빛깔이라니! 지금까지 보았던 그 무엇과도 견줄 수 없을 정도로 아름다울 뿐 아니라, 잔에서 뿜어져 나오는 붉은 빛은 말도 안 되게 희귀하다고 했다. 그는 대령을 예술가라 칭하며 계속해서 그렇게 불렀다.

라티놀 씨는 **요리**, **디저트**, 서비스, 장식, 심지어 사람들까지, 모든 것을 진지하게 바라보았다. 그는 전쟁이 요리를 먹으며 아로뱅에게 혹시 법률회사 '라이트너 앤드 아로뱅'이라는 곳의 설립자와 친분이 있냐고 물었다. 이에 아로뱅은 라이트너가 친한 친구라면서, 자신의 이름을 회사 편지지에 사용하고, 퍼디도 스트리트에 있는 회사 간판에 사용하는 것도 허락했다고 말했다.

"캐묻기 좋아하는 사람이나 단체가 워낙 많잖아요. 그래서 편의상 직업이 없어도 있는 척하려고 그렇게 했습니다." 아로뱅이 말했다. 라티놀 씨는 그를 잠시 쳐다보다가, 이번에는 라이스에게 작년 겨울의 교향악단 콘서트가 들을 만했냐고 물었다. 라이스는 그에게 프랑스어로 답했고, 에드나는 이 상황에서 그런 행동이 살짝 무례하다고 느끼긴 했지만 과연 라이스답다고 생각했다. 교향악단 콘서트에 관해서라면 라이스는 부정적인 말밖에 할 말이 없었다. 그래서 개인이건 단체건 할 것 없이 뉴올리언스의 모든 연주자에 대해 모욕적인 말을 퍼부었다. 사실 라이스의 관심은 온통 자기 앞에 놓인 음식들에만 쏠려 있는 것 같았다.

메리먼 씨는 아로뱅이 캐묻기 좋아하는 사람들 얘기를 했을 때, 얼마 전 세인트 찰스 호텔에서 만난 웨이코 출신의 남자를 떠올렸다고 했다. 그러나 메리먼 씨의 이야기는 항상 너무 늘어지는 데다 딱히 요지도 없어서, 그의 아내는 그가 이야기를 끝내도록 좀처럼 두고 보지 않았다. 이번에도 아내는 남편의 이야기에 불쑥 끼어들어, 지난주에 제네바에 있는 친구에게 보내주겠다고 샀던 책의 작가 이름을 기억하느냐고 물었다. 메리먼 부인은 구버네일과 '책' 이야기를 나누며 최근 문학계 흐름에 관한 의견을 끌어내려 애썼다. 그러자 메리먼 씨는 웨이코 출신의 남자 이야기를 메이블런트에게 이어서 했고 메이블런트는 그 이야기에 관심이 있는 척, 그가 정말 재미있는 사람이라고 생각하는 척했다.

하이캠프 부인은 왼편에 앉은 빅토르의 현란한 언변에 조용히 꾸준한 관심을 보이며 앉아 있었다. 자리에 앉은 순간부터 부인의 관심은 한순간도 그를 떠나지 않았다. 빅토르가 자기보다 더 예쁘고 활기찬 메리먼 부인 쪽으로 돌아앉기라도 하면, 다시 그의 관심을 끌 기회를 엿보며 태연한 척 기다렸다. 때때로 들려오는 만돌린(크기가 작은 현악기의 일종-옮긴이) 연주곡은 사람들의 대화를 방해하지 않는 선에서 반주처럼 흘렀다. 밖에서는 잔잔하고도 단조로운 분수대의 물소리가 들려왔고 그 소리는 진한 재스민 향기와 함께 열린 창문으로 스며들었다.

에드나의 새틴 드레스는 양옆으로 퍼져 풍성한 주름을 만들며 황금빛으로 반짝였다. 어깨를 감싸며 부드럽게 늘어진 레이스는 에드나의 피부색과 같았다. 다만 레이스에는 건강한 사람들의 혈색에서 나타나는 광채, 그 무수한 생명의 색조들은 없었다. 높은 등받이 의자에 머리를 기대고 앉아 양팔을 팔걸이에 내려놓은 에드나의 자세와 존재감에서 백성들을 굽어보고 보살피며 다스리는 왕후의 기품이 배어났다.

그러나 손님들 사이에 앉아 있는 동안, 에드나는 권태감이 밀려드는 것을 느꼈다. 수시로 밀려들던 절망감이 의지와는 전혀 상관없는 별개의 감정인 듯 집요하게 에드나를 파고들었다. 마치 불길한 일들이 벌어지고 있는 거대한 동굴에서 스멀스멀 새어나오는 차가운 공기처럼, 그 기운이 스스로 존재를 알렸다. 그 순간 에드나는 문득 사랑하는 사람을 떠올리며 그리움에 젖었고, 그를 결코 가질 수 없다는 생각에 완전히 압도당했다.

시간이 흐르자 유쾌한 유대감이 마법의 끈처럼 손님들을 열정과 웃음으로 한데 묶었다. 그 즐거운 마법을 가장 먼저 깨뜨린 건 라티뇰 씨였다. 10시가 되자 그가 양해를 구하며 일어났다. 아델이 집에서 혼자 그를 기다리고 있다는 것이었다. 아델이 임신 때문에 **몸 상태가 워낙 안 좋아** 남편이 있어야만 진정이 된다고 했다.

라티뇰 씨와 함께 라이스도 일어섰다. 라티뇰 씨가 라이스를 마차까지 데려다주겠다고 했다. 라이스는 음식을 엄청나게 먹어대며 훌륭한 와인도 여러 잔 마셨는데, 와인 때문에 머리가 어떻게 되었는지 사람들 모두에게 기분 좋게 인사를 하고 자리를 떴다. 라이스는 에드나의 어깨에 입 맞추며, **"잘 자요, 여왕님. 지혜롭게 처신하세요."** 라고 말했다. 의자에 쌓아둔 방석에서 내려오면서 라이스가 살짝 비틀거렸지만 친절하게도 라티뇰 씨가 팔을 잡고 부축해주었다.

하이캠프 부인은 노란색과 붉은색 장미로 화관을 만드는 중이었다. 다 만들고 나서 빅토르의 곱슬곱슬한 검은 머리 위에 얹었다. 빅토르는 화려한 의자에서 뒤로 몸을 젖혀 샴페인 한잔을 불빛에 비추어보고 있었다.

마술사의 지팡이가 요술이라도 부린 것처럼, 장미 화관은 그를 동양적 아름다움의 화신으로 변신시켰다. 그의 뺨은 으깬 포돗빛이었고 어두운 눈동자는 잦아드는 불 속에서 일렁이는 빛이었다.

"**크! 미쳤군!**" 아로뱅이 감탄했다.

하이캠프 부인이 자신의 작품에 한 번 더 손을 댔다. 부인은 저녁 내내 수시로 걸치던 하얀 실크 스카프를 의자 등받이에서 걸어 빅토르의 몸에 우아하게 둘러 그의 점잖은 검은 연미복을 가렸다. 빅토르는 부인의 행동이 전혀 거슬리지 않는 듯 그저 흰 치아를 드러내며 미소 짓고는, 다시 눈을 가늘게 뜨고 샴페인 잔을 불빛에 비추어보았다.

"아! 말이 아닌 그림으로 이 모습을 그릴 수 있다면 얼마나 좋을까!" 메이블런트가 빅토르를 쳐다보며 꿈꾸는 듯한 표정으로 말했다.

황금빛 대지에 붉은 피로 아로새겨진
욕망의 초상이 있었다!
(영국 시인·평론가 앨저넌 찰스 스윈번의 시 「A Cameo」의 첫 구절-옮긴이)

구버네일이 나지막이 읊조렸다.

평상시에 말이 많던 빅토르는 취기가 오르니 말이 없어

졌다. 그는 호박 구슬 속에서 펼쳐지는 재미있는 장면들을
지켜보는 몽상에 빠진 듯한 표정이었다.

"노래 불러줘요." 하이캠프 부인이 빅토르에게 졸랐다.
"우릴 위해 불러주지 않을래요?"

"가만히 내버려 둬요." 아로뱅이 말했다.

"마침 노래할 자세를 취하고 있네요. 그러니까 해보라고
합시다." 메리먼 씨가 말했다.

"내가 보기엔 몸이 마비된 것 같은데요." 메리먼 부인이
웃었다.

부인은 빅토르의 의자 쪽으로 몸을 숙여 그의 손에 있던
술잔을 받아 들었다. 그러곤 다시 그의 입술에 대어주었다.
그가 천천히 와인을 마셨다. 그가 잔을 비우자 부인은 잔을
테이블 위에 놓고 조그만 손수건으로 입술을 닦아주었다.

"할게요, 노래." 빅토르가 부인 쪽으로 돌아앉으며 말했
다. 그는 머리 뒤로 깍지를 끼고 천장을 바라보면서, 마치 악
사가 악기를 조율하듯 흥얼거리며 목소리를 가다듬었다. 그
러더니 에드나를 바라보며 노래를 부르기 시작했다.

아, 당신이 알고 있다면!

"그만!" 에드나가 소리쳤다. "그 노래 부르지 말아요! 당

신이 그 노래 부르는 거 싫어요!"

에드나가 술잔을 조심성 없이 테이블 위에 세게 내려놓는 바람에 술잔이 유리병에 부딪치며 산산조각이 났다. 와인이 아로뱅의 다리에 흘렀고 하이캠프 부인의 검은 가운 위로도 튀었다. 빅토르는 예의 따위는 다 잊었는지, 아니면 집주인의 말이 장난이라고 생각했는지 계속 웃으며 노래를 불렀다.

아! 당신이 알고 있다면,

당신의 눈이 내게 말하는 것을……

"하지 말라니까요! 제발 그만하라고요!" 에드나가 소리쳤다. 그러고는 의자를 밀치고 벌떡 일어나 빅토르 뒤로 가서 그의 입을 막았다. 그는 자신의 입술을 누르는 에드나의 손에 입을 맞췄다.

"알았어요. 안 할게요, 퐁틀리에 부인. 진심으로 하는 말인 줄은 몰랐네요." 애정 어린 눈빛으로 에드나를 바라보며 빅토르가 말했다. 자신의 손에 닿은 빅토르의 입술이 짜릿한 쾌감을 일으켰다. 에드나는 그의 머리에 얹힌 화관을 들어 멀찌감치 던져버렸다.

"그만, 빅토르. 그 정도면 됐어요. 하이캠프 부인에게 스카프 돌려줘요."

하이캠프 부인이 그에게 둘러주었던 스카프를 직접 풀었다. 메이블런트와 구버네일은 갑자기 그만 일어날 시간이된 것 같다고 했다. 메리먼 부부도 언제 시간이 이렇게 되었냐며 놀랐다.

빅토르와 헤어지기 전, 하이캠프 부인은 자기 딸을 만나러 오라며 그를 초대했다. 딸과 만나 프랑스어로 대화도 나누고 노래도 하면 좋겠다고. 빅토르는 기꺼이 그러겠다면서, 시간이 허락하는 대로 바로 찾아뵙겠다고 했다. 빅토르가 아로뱅에게 지금 일어날 거냐고 묻자 아로뱅은 아니라고 했다.

만돌린 악사들은 이미 떠난 지 오래였다. 깊은 정적만이흐르는 거리는 아름다웠다. 뿔뿔이 흩어지는 손님들의 목소리가 밤의 정적 속에서 불협화음처럼 울려 퍼졌다.

31

"자, 그럼?"

사람들이 모두 떠난 뒤 에드나와 단둘이 남게 된 아로뱅이 물었다.

"자, 그럼."

에드나가 아로뱅의 말을 따라하며 일어서서는 너무 오래 앉아 있느라 욱신거리는 근육을 풀어보려고 팔을 뻗었다.

"이젠 뭘 할 거예요?" 그가 물었다.

"일하는 사람들도 다 떠났어요. 악사들이 나갈 때 같이 나갔죠. 내가 가라고 했거든요. 이제 이 집 문을 잠그고 비둘기 집으로 걸어갈 거예요. 내일 아침에 셀레스틴을 보내서 이 집을 치울 거고요."

아로뱅이 주위를 둘러보고 집 안의 불을 끄기 시작했다.

"위층도 볼까요?" 그가 물었다.

"괜찮을 거 같아요. 아, 창문 한두 개가 안 잠겼을지도 몰라요. 확인해보는 게 좋겠네요. 초를 하나 들고 가요. 오면서 가운데 방 침대 발치에 있는 내 망토랑 모자도 좀 가져다 줘요."

아로뱅이 초를 들고 올라갔고 에드나는 문과 창문들을 닫기 시작했다. 담배 연기와 와인 냄새가 진동해 문을 닫아놓는 게 썩 내키지는 않았다. 아로뱅이 망토와 모자를 찾아 들고 내려와 에드나가 옷 입는 것을 도와주었다.

문단속을 마치고 불을 전부 끄고 나서 두 사람은 집을 나섰다. 아로뱅은 문을 잠근 뒤 에드나 대신 열쇠를 들고 에드나가 계단을 내려가는 것을 도왔다.

"재스민 꽃 드릴까요?" 그가 거리의 재스민 꽃을 몇 송이를 꺾으며 물었다.

"아뇨, 괜찮아요."

에드나는 실의에 빠진 듯했고 할 얘기도 없어 보였다. 아로뱅이 내민 팔을 잡으면서 다른 손으로는 새틴 드레스 자락을 들었다. 땅을 보며 걸을 때, 아로뱅 다리의 검은 윤곽이 너무 가까이서 움직여 에드나의 노란 드레스 자락을 스치는 것을 알아차렸다. 멀리서 기차의 경적과 함께 자정의 종소리가 울려 퍼졌다. 짧은 거리를 걷는 동안 두 사람은 누구와도 마주치지 않았다.

잠긴 울타리 문과 방치되다시피 한 **화단** 뒤에 비둘기 집이 있었다. 집 앞에는 아담한 테라스가 있었고 테라스 쪽으로 난 현관문과 기다란 창문은 열려 있었다. 현관문을 열면 바로 거실이었다. 옆문은 없었다. 뒤뜰에는 하인들의 숙소가 있었고 늙은 셀레스틴도 그곳에 머물렀다.

테이블 램프를 약하게 밝혀두었다. 에드나는 이 집을 그럭저럭 지낼 만한 아늑한 공간으로 꾸미는 데 성공했다. 테이블 위에는 책이 몇 권 놓여 있었고 가까이에 안락의자도 하나 있었다. 새로 깐 바닥 매트 위에 러그도 한두 개 깔았다. 벽에는 근사한 그림도 몇 점 걸어두었다. 무슨 일인지 집 안이 온통 꽃이었는데, 아로뱅이 보낸 깜짝 선물이었다. 에드나가 없을 때 셀레스틴이 곳곳에 놓아두었다. 거실 바로 옆에는 침실이, 조그만 복도를 지나면 식당과 주방이 있었다.

에드나는 힘든 기색이 역력한 표정으로 의자에 앉았다.

"피곤해요?" 그가 물었다.

"피곤하고, 춥고, 우울해요. 팽팽하게 당겨져 있던 줄이 한순간 안에서 탁 끊어진 것 같아요." 에드나는 한 팔을 테이블 위에 올려놓고 그 위에 머리를 기대었다.

"쉬고 싶겠군요. 조용히 있고 싶겠어요. 난 그만 갈게요. 당신이 혼자 쉴 수 있도록." 아로뱅이 말했다.

"네." 에드나가 대답했다.

아로뱅은 곁에 서서 끌어당기는 듯한 다정한 손길로 에드나의 머리카락을 쓰다듬었다. 그의 손길에 몸이 편안해졌다. 그가 계속 그렇게 쓰다듬어주면 그대로 잠이 들 수도 있을 것 같았다. 아로뱅의 손이 목덜미에서 위쪽으로 움직이며 머리카락을 쓸어 올렸다.

"아침이 되면 기분이 한결 좋아지고 행복해질 거예요." 그가 말했다. "지난 며칠 너무 무리했어요. 만찬에 온 힘을 다 쏟아부었잖아요. 굳이 안 해도 되었을 일을."

"맞아요." 에드나도 인정했다. "한심한 짓이었어요."

"아뇨, 만찬은 즐거웠어요. 당신이 너무 지쳐서 그렇죠." 그의 손이 에드나의 아름다운 어깨로 움직였고 아로뱅은 에드나가 자신의 손길에 반응하는 것을 느꼈다. 그는 다시 에드나의 곁에 앉아 어깨에 살짝 입을 맞췄다.

"그만 간다면서요." 불안한 목소리로 에드나가 말했다.

"갈 거예요. 잘 자라고 인사하고 나서요."

"잘 자요." 에드나가 나지막이 말했다.

그는 대답하지 않고 계속 에드나를 애무했다. 그의 다정하고도 매혹적인 애무에 마침내 에드나가 굴복한 뒤에야 아로뱅은 잘 자라고 인사했다.

32

살던 집에서 나가 다른 곳에 거처를 마련하겠다는 아내의 계획을 듣고 퐁틀리에 씨는 결코 용납할 수 없다는 입장이 담긴 때늦은 답장을 썼다. 에드나가 말한 이유들을 그는 도무지 인정할 수가 없었다. 퐁틀리에 씨는 에드나에게 충동에 휩싸여 행동하지 않기를 바라다면서, 제발, 무엇보다, 사람들이 뭐라고 수군거릴지를 생각해보라고 했다. 그런 경고를 하면서도 아내가 추문을 일으키고 있을 거라고는 꿈에도 생각하지 못했다. 그런 일에 아내와 자신의 이름이 오르내리는 것을 상상조차 해본 적이 없었다. 그는 오직 집안의 경제적 체면만 걱정했다. 퐁틀리에 부부가 경제적으로 곤경에 처했고 **살림살이**가 전보다 궁핍해졌다는 소문이라도 나면 그의 사업이 치명적인 타격을 입을 수도 있었다.

　그러나 최근 에드나의 감정 기복이 심했던 것을 생각하

면 이번에도 충동적으로 일을 벌였을 가능성이 크다고 판단했다. 퐁틀리에 씨는 늘 그래왔듯이 신속하게 상황을 파악한 다음 익히 알려진 사업적 수완을 발휘해 대처에 나섰다.

그는 아내에게 강경한 입장이 담긴 편지를 쓰면서 더없이 상세한 지시 사항이 담긴 또 다른 편지를 썼다. 집을 리모델링 하기 위해 유명한 건축가에게 보낼 편지였다. 오랫동안 생각해왔던 일이며 자신이 집을 비운 동안 진행하기를 바란다고 썼다.

그렇게 해서 노련하고 믿을 만한 짐꾼들이 가구, 카펫, 그림, 즉 운반할 수 있는 모든 것을 안전한 장소로 옮긴 후에, 그의 저택은 눈 깜짝할 사이 장인의 손에 맡겨졌다. 아늑한 방을 하나 더 만들어 프레스코 기법으로 벽을 칠하고, 아직 원목 마루를 깔지 않은 방에는 마루를 새로 깔 예정이었다.

나아가서, 일간지에 퐁틀리에 부부가 이번 여름은 해외에서 보낼 계획이라는 짧은 기사를 내고, 에스플러네이드 스트리트의 근사한 저택은 대대적인 공사가 진행 중이라 그들이 귀국한 뒤에도 입주할 수 없다는 내용을 덧붙여 실었다. 퐁틀리에 씨는 그렇게 체면을 지킨 것이었다!

에드나는 그의 놀라운 수완에 감탄했고 감히 그의 뜻을 거스를 생각을 하지 않았다. 퐁틀리에 씨가 만들어놓은 상황이 사람들에게 받아들여지고 당연하게 여겨지자, 에드나는 차라리 잘된 일이라는 생각도 들었다.

비둘기 집은 에드나에게 기쁨을 주었다. 워낙 아늑한 공간이기도 했지만 에드나가 한층 더 매력적으로 만들어서 집은 따스하게 빛났다. 사회적 지위는 낮아진 듯했지만 정신적 지위는 오히려 상승한 기분이었다. 온갖 의무에서 벗어나기 위해 내딛는 모든 발걸음이 한 인간으로서의 에드나를 더 강하게 했고 성장하게 했다. 에드나는 자신의 눈으로 세상을 바라보기 시작했고, 보다 깊은 삶의 이면을 바라보고 또 이해하게 되었다. 자신의 영혼을 되찾으니 '남의 생각'에 맞추어 사는 삶에 더 이상 만족할 수 없었다.

며칠 후 에드나는 이버빌에 가서 아이들과 일주일을 보냈다. 다가올 여름의 희망이 가득한 상쾌한 2월의 나날들이었다. 아이들을 보니 얼마나 반갑던지! 아이들의 조그만 팔이 제 엄마를 끌어안고, 단단하고 통통한 뺨이 엄마의 상기된 뺨을 누를 때 에드나는 눈물을 흘렸다. 에드나는 그저 바라보는 것만으로는 충족되지 않는 굶주린 눈빛으로 아이들의 얼굴을 쳐다보았다. 아이들은 엄마에게 무슨 할 얘기가 그렇게 많은지! 돼지, 소, 노새 이야기부터, 글루글루가 끄는 마차를 타고 방앗간에 간 이야기, 재스퍼 삼촌과 호수에서 낚시를 한 이야기, 리디네 흑인 꼬마들과 함께 피칸 열매를 주운 이야기, 마차로 나무토막을 옮겼는데 늙은 가사도우미 수지가 불을 피울 수 있도록 진짜 나무토막을 나른 거라서 집 마당에서 가짜 나무토막을 나르던 것보다 천배는 재미있었다는 이야기까지!

에드나는 아이들과 함께 돼지와 소를 보러 갔고, 사탕수수 대를 눕히는 (사탕수수 대를 옆으로 눕혀 흙을 덮으면 싹이 나고 뿌리가 자란다—옮긴이) 흑인들도 구경하고, 피칸 나무를 막대로 쳐서 열매를 떨어뜨리고, 호수에서 물고기를 잡으며 놀았다. 일주일 내내 아이들과 함께 지내며 에드나는 자신의 모든 것을 내어주었고 아이들의 일상으로 자신을 채웠다. 살던 집에 인부들이 가득 모여 망치질을 하고 못질을 하고 톱질을 하느라 소란스럽다는 소식을 숨죽이며 듣던 아이들은 질문을 퍼붓기 시작했다. 자기들 침대는 이제 어디에 놓을 건지, 흔들목마는 어떻게 됐고, 조는 어디서 자고, 엘런과 요리사는 어디 갔는지 궁금해했다. 그러나 무엇보다도 아이들은 길 모퉁이의 조그만 집이 궁금해 난리였다.

거기도 놀 데가 있어요? 옆집에 남자애들이 살아요? 매사에 비관적인 편인 라울은 이웃집에는 보나 마나 같이 놀 만한 남자애들이 없을 거라고 확신했다. 그 집에서 우린 어디서 자요? 아빠는 어디서 자요? 에드나는 요정들이 와서 다 해결해줄 거라고 말했다.

시어머니는 에드나의 방문을 반겼고 에드나를 살뜰하게

보살폈다. 에스플러네이드의 집이 공사 중이라는 소식을 듣자 노부인은 기뻐했다. 덕분에 아이들을 더 오래 데리고 있게 되었기 때문이다.

아이들을 떠날 때 에드나는 가슴을 쥐어짜는 듯한 고통을 느꼈다. 에드나는 아이들의 목소리와 뺨의 촉감을 간직한 채 아이들 곁을 떠났다. 집으로 돌아오는 길 내내 아이들의 존재가 아름다운 노래의 잔상처럼 마음에 남았다. 그러나 다시 뉴올리언스로 돌아왔을 때 그 노래는 더 이상 에드나의 영혼에 울려 퍼지지 않았다. 에드나는 다시 혼자였다.

33

에드나가 라이스를 방문할 때, 간혹 그 작은 음악가가 레슨 중이거나 필요한 것을 사러 나가고 없는 경우가 있었다. 그럴 때면 라이스는 열쇠를 항상 입구의 비밀 장소에 놓아두었고, 그 장소를 알고 있는 에드나는 집 안으로 들어가 그를 기다리곤 했다.

어느 날 오후, 문을 두드려도 응답이 없길래 에드나는 언제나처럼 안으로 들어갔다. 예상대로 집은 비어 있었다. 바쁜 나날을 보내고 있던 에드나는 안식처이자 도피처 삼아 로베르 이야기를 하려고 라이스의 집을 찾은 것이었다.

그날 에드나는 오전 내내 작업에 몰두했고, 모델 없이 젊은 이탈리아 남자를 그리는 작업을 끝냈다. 그러나 여러 차례 방해를 받았다. 자질구레한 집안일 때문이기도 했고 친목과 관련된 일 때문이기도 했다.

아델은 사람들이 많이 오가는 길을 피해 무거운 몸을 이끌고 에드나를 찾아왔었다. 아델은 에드나가 최근 자기에게 너무 무심하다고 투덜댔다. 게다가 조그만 집이 대체 어떻게 생겼는지 궁금해서 도저히 참을 수가 없었다고 했다. 만찬에 대한 얘기도 전부 듣고 싶어 했다. 남편은 꽤 일찍 자리를 뜬 모양인데, 그가 떠난 뒤로 무슨 일이 있었냐고 물었다. 또 그동안 식욕이 거의 없었는데 에드나가 보낸 샴페인과 포도는 정말이지 기가 막히더라고, 덕분에 입맛이 돌아와 속을 좀 채울 수 있었다고도 했다. 그러고는 퐁틀리에 씨는 대체 어디에 살게 할 생각이며, 아이들은 또 어쩔 거냐고 묻기도 했다. 아델은 진통이 시작되면 꼭 와주겠다는 약속까지 에드나에게 받아냈다.

"낮이건 밤이건 언제든 달려갈게요." 에드나가 아델을 안심시켰다.

"왜인지는 모르겠지만, 내 눈에 에드나는 꼭 어린애 같아요. 때로는 깊이 생각하지 않고 행동하는 것 같아서요. 하지만 이 세상을 살아가려면 신중할 필요가 있어요. 그러니 여기서 혼자 살 생각이라면 조심하라는 내 말을 서운하게 생각하지 말았으면 좋겠어요. 누구든 같이 지내는 게 어때요? 라이스라면 오지 않을까요?"

"아뇨, 라이스는 오지 않을 거예요. 더구나 라이스와 같이 지내는 건 나도 원치 않아요.”

“내가 이런 말을 하는 이유는…… 사람들이 얼마나 속이 꼬였는지, 알세 아로뱅이 당신의 집에 드나든다고 이러쿵저러쿵 말들이 많더라고요. 물론 아로뱅 씨가 그렇게 평판이 나쁜 사람이 아니지만요. 그런데 남편 말이, 알세 아로뱅이 관심을 보인다는 사실만으로도 여자의 평판을 망치기엔 충분하대요.”

“아로뱅이 자기가 성공했다고 떠벌리고 다니나요?” 에드나가 그림을 쳐다보며 무심히 물었다.

“아뇨, 그런 것 같진 않아요. 그런 면에선 괜찮은 사람이죠. 하지만 아로뱅의 성향이 남자들 사이에선 아주 소문이 자자해서요. 몸이 이래서 에드나를 보러 다시 오긴 힘들 거예요. 오늘은 정말 갑자기 불쑥 찾아왔네요.”

“계단 조심해요!” 에드나가 소리쳤다.

“날 너무 혼자 두지 말아요.” 아델이 애원하듯 말했다. “내가 아로뱅에 대해 한 말이나, 누구하고 같이 지내라는 말은 신경 쓰지 말고요.”

“당연히 신경 안 써요.” 에드나가 웃었다. “나한테 하고 싶은 말은 다 해도 돼요.” 두 사람은 서로에게 입 맞추며 인사했다. 아델의 집까지는 그리 멀지 않았다. 에드나는 현관에 서서 멀어지는 아델의 모습을 지켜보았다.

오후에는 메리먼 부인과 하이캠프 부인이 만찬에 대한 '답례 방문'을 했다. 에드나는 그런 형식적인 인사는 넘어가도 그만이라고 생각했다. 메리먼 부인은 며칠 뒤에 부인의 집에서 예정된 **카드 게임** 모임에 에드나를 초대했다. 일찍 와서 저녁 식사나 같이 하자면서, 집에는 메리먼 씨나 아로뱅 씨가 데려다줄 거라고 했다. 건성으로 그러겠다고는 했지만 에드나는 때로 메리먼 부인과 하이캠프 부인이 무척 피곤하게 느껴졌다.

그렇게 오후 늦게 에드나는 라이스의 집으로 피신해서 혼자 그를 기다렸다. 허름하고 꾸밈없는 작은 방 특유의 분위기가 마음을 편안하게 했다.

에드나는 창가에 앉아 지붕들과 강 건너의 풍경을 바라보았다. 창틀에는 화분들이 빼곡하게 놓여 있었다. 에드나는 로즈 제라늄의 시든 잎사귀들을 떼어냈다. 날이 따스했고 강에서 불어오는 바람은 상쾌했다. 모자를 벗어 피아노 위에 올려놓고 시든 잎사귀를 계속 떼어내면서 모자 핀으로 화초 주위의 흙을 파냈다. 어느덧 라이스가 돌아오는 소리가 들리는 것 같았다. 알고 보니 빨래를 들고 돌아온 어린 흑인 소녀였다. 소녀는 세탁물을 옆방에 내려놓고 바로 돌아갔다.

에드나는 피아노 앞에 앉아 악보를 보면서 한 손으로 가만히 건반을 두드려보았다. 그렇게 30분이 흘렀고, 아래층에서 사람들이 드나드는 소리가 들렸다. 아리아 연주에 점점 흥미를 느끼고 있을 무렵, 두 번째 노크 소리가 들렸다. 이 집의 문이 잠겨 있을 땐 사람들이 어떻게 하는지 문득 궁금해졌다.

"들어와요!"

에드나가 문 쪽으로 고개를 돌렸다. 들어오는 사람은 놀랍게도, 로베르 르브룅이었다. 에드나는 일어서려 했지만, 그를 보는 순간 도저히 흥분을 감출 수가 없어서 "세상에! 로베르!"라고 외치며 의자에 털썩 주저앉고 말았다. 로베르가 다가와 에드나의 손을 덥석 잡았다. 그 역시 어쩔 줄을 모르는 것 같았다.

"에드나! 대체 여긴 어쩐 일로…… 그나저나 무척 건강해 보이네요! 라이스는 없나요? 당신을 만나게 될 줄은 꿈에도 몰랐어요."

"언제 돌아왔어요?" 에드나가 손수건으로 얼굴을 닦으며 떨리는 목소리로 물었다. 로베르는 피아노 의자에 앉아 있는 에드나의 모습이 어딘가 불편해 보여서 창가 의자에 앉으라고 말했다.

에드나는 아무 생각 없이 시키는 대로 했고, 피아노 의자에는 로베르가 앉았다.

"그저께 왔어요." 그가 피아노 건반에 한 팔을 올려놓는 바람에 이상한 불협화음이 울려 퍼졌다.

"그저께!" 에드나가 큰 소리로 말하고는 혼잣말로 중얼거렸다. "그저께라면……." 에드나는 이해할 수 없었다. 도착하자마자 자신을 찾아올 거라고 생각했기 때문이었다. 그저께도 두 사람은 같은 하늘 아래 있었다. 그런데 로베르는 오늘에야, 그것도 우연히, 자신과 마주쳤다. "가엾은 바보로군요. 그 사람은 당신을 사랑하고 있어요."라던 라이스의 말은 거짓이 분명했다.

"그저께." 에드나가 제라늄 가지 하나를 꺾으며 말했다. "만약 오늘 여기서 날 만나지 못했다면 당신을 날…… 날 보러 오긴 했을까요?"

"물론이죠. 보러 갔을 거예요. 그동안 일이 정말 많았어요." 악보를 초조하게 넘기며 로베르가 말했다. "어제부터 예전 회사에서 다시 일을 시작했어요. 알고 보니 여기도 멕시코만큼이나 기회가 많더라고요. 그러니까, 언젠가 돈을 벌 수 있는 기회 말이에요. 멕시코 사람들하고는 마음이 잘 안 맞았어요."

결국 그는 멕시코 사람들과 마음이 잘 맞지 않아서 돌아온 것이었다. 이곳에서도 돈을 벌 수 있기 때문이었다. 이유가 무엇이건, 에드나의 곁에 있고 싶어서 돌아온 건 아니었다. 에드나는 바닥에 앉아서 그의 편지들을 이리저리 들춰보며 그가 밝히지 않은 이별의 이유를 찾던 자신의 모습을 떠올렸다.

에드나는 로베르의 모습을 제대로 보지 못하고 있었다. 단지 그의 존재만 느끼고 있을 뿐이었다. 그러다가 문득 일부러 고개를 돌려 그를 찬찬히 바라보았다. 몇 달을 떠나 있었는데도 그는 하나도 달라지지 않았다. 자신과 똑같은 색의 머리카락은 예전과 똑같이 관자놀이에서부터 물결치고 있었다. 그랜드 아일에 있을 때보다 피부가 더 그을린 것 같진 않았다. 말없이 바라보는 그의 눈빛 속에서 에드나는 전과 똑같은 애틋함을 느꼈다. 오히려 전에 없던 따스함과 애절함마저 더해져, 잠들어 있던 에드나의 영혼을 파고들어 에드나를 깨웠다.

그는 로베르가 돌아오는 날을 수도 없이 그려보았고 그들의 첫 만남을 수도 없이 생각했다. 주로 그가 돌아오자마자 집으로 찾아오는 순간을 상상했다. 에드나는 늘 로베르가 자신에 대한 사랑을 표현하거나 드러낼 거라고 생각했다. 그런데 현실은 달랐다. 두 사람은 3미터 거리를 두고 에드나는 창가에서 제라늄 잎사귀를 만지작거리며 향을 맡고, 로베르는 피아노 의자 주위를 맴돌며 이렇게 말하고 있었다.

"퐁틀리에 씨가 출장 갔다는 소식을 듣고 무척 놀랐어요. 라이스가 왜 그 얘길 안 했는지 모르겠네요. 참, 이사했다면서요. 어제 어머니께 들었어요. 난 당신이 남편과 함께 뉴욕에 갔거나 아이들과 함께 이버빌로 갔을 거라고 생각했는데. 여기서 집안일을 하면서 있으니 그 편이 나을 거라고 생각했죠. 그리고 곧 외국으로 떠난다면서요. 내년 그랜드 아일에선 당신을 볼 수 없겠네요. 라이스는 자주 만나나요? 그에게서 가끔 당신 소식을 듣곤 했어요."

"나한테 편지 쓰기로 약속했던 거 기억해요?"

그의 얼굴이 벌겋게 달아올랐다.

"내 편지가 당신에게 중요할 거라고 생각하지 않았어요."

"그건 핑계일 뿐이에요. 진실이 아니죠." 에드나가 피아노 위에 놓여 있던 모자를 집어 들었다. 에드나는 모자를 쓰고 묵직하게 틀어 올린 머리카락 틈에 모자 핀을 단단히 고정했다.

"라이스가 올 때까지 안 기다릴 건가요?" 로베르가 물었다.

"지금까지 안 오는걸 보니 아주 늦게 돌아오려나 봐요." 에드나가 장갑을 끼었고 로베르도 모자를 들었다.

"당신은 안 기다릴 건가요?" 에드나가 물었다.

"늦게 돌아오는 거면 나도 그만 가려고요." 그러고는 자신의 말이 조금 무례하다 싶었는지 이렇게 덧붙였다. "더구나 당신을 바래다드리는 기쁨을 놓치고 싶진 않거든요."

두 사람은 진흙탕이 된 대로와 행상의 싸구려 물건들이 점령한 보도를 따라 걸었다. 중간에는 마차를 탔고 마차에서 내린 뒤에는 퐁틀리에 저택을 지나쳤다. 저택은 반은 무너지고 부서진 것 같았다. 예전의 그 집을 알지 못했던 로베르는 호기심 어린 눈빛으로 그 집을 바라보았다.

"저 집에 있는 당신의 모습을 본 적이 없네요."로베르가 말했다.

"못 봐서 다행이죠."

"왜요?"

에드나는 대답하지 않았다.

두 사람은 모퉁이를 돌았고, 로베르가 에드나를 따라 조그만 집으로 들어서자, 마침내 꿈이 실현되는 것 같았다.

"나하고 같이 저녁 식사해요, 로베르. 보다시피 난 여기 혼자 살아요. 더구나 너무 오랜만이잖아요. 묻고 싶은 게 정말 많아요."

에드나가 모자와 장갑을 벗었다. 로베르는 어머니가 기다리고 있다면서 어정쩡하게 서 있었다. 심지어 무슨 약속이 있다고까지 말했다. 에드나는 성냥을 그어 테이블 램프에 불을 붙였다. 해가 저물고 있었다. 램프의 불빛에 비친 에드나의 얼굴은 따스함이 사라진 채 굳어 있었다. 그걸 본 로베르는 모자를 벗고 자리에 앉았다.

"당신만 허락한다면 더 있다 갈게요." 로베르가 말했다. 에드나의 얼굴에 다시 따스함이 깃들었다. 그리고 웃으며 다가와 한 손을 그의 어깨에 얹었다.

"이제야 예전의 로베르 같군요. 셀레스틴을 부를게요."

에드나는 셀레스틴을 불러 1인분을 더 준비하라고 일렀다. 혼자였다면 생각하지 않았을 맛있는 음식을 사오라고 했고, 커피를 정성껏 내리고 오믈렛도 딱 알맞게 익히라고 당부하기도 했다.

에드나가 돌아와 보니 로베르는 테이블 위에 아무렇게나 널린 잡지, 스케치, 잡동사니 들을 뒤적이고 있었다. 그가 사진을 들고 소리쳤다.

"알세 아로뱅! 이 친구 사진이 왜 여기 있죠?"

"얼굴을 한번 그려보려고요." 에드나가 대답했다. "사진이 있으면 도움이 될 거라고 하더군요. 먼저 살던 집에서였어요. 거기 두고 온 줄 알았는데, 그림 도구들을 챙길 때 딸려왔나 보네요."

"그림을 다 그리고 나면 사진은 돌려줄 생각이었죠?"

"아! 그런 사진들이 내겐 엄청 많아요. 돌려줄 생각은 딱히 안 했어요. 아무 의미도 없는 사진들이거든요." 로베르는 계속 그 사진을 바라보았다.

"내 생각엔…… 이 사람의 얼굴이 그릴 가치가 있나요? 이 사람 퐁틀리에 씨의 친구인가요? 이 사람을 안다고 말한 적이 없잖아요."

 "남편의 친구가 아니고 내 친구예요. 전에도 알긴 했는데, 최근에 가까워졌어요. 난 당신 얘기를 하고 싶어요. 멕시코에서 무얼 보고, 무얼 하고, 무얼 느꼈는지 알고 싶어요." 로베르가 사진을 치웠다.

 "거기서도 늘 그랜드 아일의 파도와 백사장을 보았어요. 셰니에르카미나다섬의 조용하고 푸른 거리를, 그랑드테르의 오래된 요새를 보았죠. 기계처럼 일만 하다 보니 영혼을 잃어버린 것 같더군요. 재미있는 일이 하나도 없었어요."

 에드나는 고개를 비스듬히 하며 한 손으로 램프의 불빛을 가렸다.

 "당신은 그동안 무얼 보고, 무얼 하고, 무얼 느꼈나요?" 그가 물었다.

 "그랜드 아일의 파도와 백사장을 보았죠. 셰니에르카미나다섬의 조용하고 푸른 거리를, 그랑드테르의 화창한 요새를 보았고요. 기계보다는 조금 편하게 일했지만, 그런데도 영혼을 잃어버린 기분이었어요. 재미있는 일이 하나도 없었거든요."

 "에드나, 정말 잔인하군요." 로베르가 감정에 복받친 목소리로 말하고는 눈을 감은 채 의자에 머리를 기대었다. 셀레스틴이 저녁 식사가 준비되었다고 말할 때까지 두 사람은 말없이 그렇게 앉아 있었다.

34

식사 공간은 무척 비좁았다. 둥근 마호가니 테이블이 공간을 거의 다 채웠다. 식탁에서 주방, 벽난로, 조그만 탁자, 그리고 벽돌이 깔린 좁은 뜰로 이어지는 옆문까지는 한두 발짝이면 갈 수 있었다.

셀레스틴이 저녁 식사가 준비되었다고 알리자 두 사람은 다시 격식을 갖추고 서로를 대했다. 이제 사적인 얘기로 돌아갈 수 없었다. 로베르는 멕시코 여행 중에 있었던 일들에 대해 얘기했고, 에드나는 그가 떠나 있는 동안 있었던 일 중 재미있어할 만한 것들을 얘기했다. 셀레스틴이 사 온 별미를 제외하면 식사는 평범한 수준이었다. 흰 **두건**을 머리에 쓴 늙은 가사도우미 셀레스틴은 주방을 드나들면서도 두 사람이 나누는 모든 대화에 관심을 보였다. 셀레스틴은 어렸을 때부터 알고 지내온 로베르와 이따금 프랑스 방언으로 대화를 나누기도 했다.

로베르는 담배 종이를 사러 잠시 근처의 담배 가게에 다녀왔다. 돌아와 보니 셀레스틴이 거실에 블랙커피를 가져다 놓았다.

"그냥 갈걸 그랬나 봐요. 혹시 내가 싫증이 나거든, 그만 가라고 해요." 로베르가 말했다.

"당신에게 싫증이 난 적은 없어요. 우리가 그랜드 아일에서 함께 지내며 서로 가까워졌던 수많은 시간을 잊었나 봐요."

"그랜드 아일에서의 시간은 하나도 잊지 않았어요." 로베르가 에드나를 쳐다보지 않고 담배를 말며 대답했다. 그리고 아름답게 수놓은 실크 담배쌈지를 테이블 위에 올려놓았다. 자수는 여자의 솜씨가 분명했다.

"전엔 고무 쌈지에 넣고 다니더니." 에드나가 쌈지를 들어 자수를 살펴보았다.

"맞아요. 그거 잃어버렸어요."

"이거 어디서 샀어요? 멕시코에서?"

"베라크루스에서 어떤 여자가 준 거예요. 베라크루스 사람들은 인심이 참 후하더군요." 성냥을 그어 담배에 불을 붙이며 그가 대답했다.

"무척 예쁘겠죠? 멕시코 여자들 말이에요. 새카만 눈에 레이스 스카프를 두른 기가 막히게 아름다운 사람들이겠죠.”

"예쁜 여자도 있고 안 예쁜 여자도 있어요. 어디에서나 그렇잖아요.”

"그 여자는 어땠어요? 당신한테 쌈지를 줬다는 그 여자 말이에요. 무척 가까웠나 봐요.”

"평범했어요. 나에게 중요한 사람은 아니었어요. 그냥 알고 지낸 정도였죠.”

"그 여자 집에도 가봤어요? 재미있었나요? 당신이 만난 사람들 얘기를 듣고 싶어요. 그 사람들에게서 어떤 인상을 받았는지도.”

"어떤 사람들의 인상은 바닷물을 젓는 노의 흔적만큼도 오래 가지 않아요.”

"그 여자도 그런 부류였나요?”

"그렇다고 말하면 내가 너무 냉정한 거겠죠.” 그가 담배 쌈지를 주머니에 넣었다. 마치 그 담배쌈지가 불러온 쓸데없는 얘기는 이제 그만하자는 듯이.

때마침 아로뱅이 들러서 메리먼 부인의 아이 한 명이 병이 나는 바람에 카드 모임이 연기되었다는 소식을 전했다.

"안녕하십니까, 아로뱅?” 로베르가 앞으로 나서며 말했다.

"오, 로베르 르브룅. 당신이었군요. 돌아왔다는 소식 어제 들었어요. 멕시코에선 어떻게 지냈습니까?"

"아주 잘 지냈습니다."

"하지만 머물 정도는 아니었나 보네요. 그래도 근사한 여자들은 많았겠죠? 몇 년 전 베라크루스에 갔을 때 난 그냥 거기 눌러앉고 싶더라고요."

"멕시코 여자들이 당신에게도 수놓은 신발이나 담배쌈지, 모자 장식 띠 같은 걸 주던가요?" 에드나가 아로뱅에게 물었다.

"아! 무슨 말씀을! 전혀요! 그 정도로 깊이 사귄 여자가 없었어요. 아마 그들이 날 기억하는 것보다 내가 그들을 더 많이 기억할걸요."

"그렇다면 당신은 로베르보다 운이 없었네요."

"난 언제나 로베르보다 운이 없어요. 혹시 로베르가 무슨 은밀한 고백이라도 하려던 참이었나요?"

"너무 오래 있었네요." 로베르가 고개를 저으며 일어서더니 에드나와 악수를 나누었다.

"퐁틀리에 씨에게 편지 쓸 때 제 안부도 전해주세요."

로베르는 아로뱅과도 악수를 하고 집을 나섰다.

"괜찮은 친구죠, 로베르 르브룅." 로베르가 자리를 뜨자 아로뱅이 말했다. "그런데 난 당신에게서 저 친구 얘기를 들은 적이 없네요."

"지난여름 그랜드 아일에서 만났어요." 에드나가 대답했다. "자, 당신 사진이요. 도로 가져갈 거죠?"

"가져갈 거냐고요? 그냥 버려요." 아로뱅의 말에 에드나가 사진을 다시 테이블 위에 던져놓았다.

"메리먼 부인의 집엔 안 갈 거예요. 혹시 만나거든, 그렇게 전해줘요. 아무래도 편지를 써야겠네요. 지금 당장 쓸까 봐요. 아이가 아프다니 걱정이 많겠다는 말과 내가 못 간다고도 전해야겠어요."

"좋은 생각이네요. 당신이 안 가는 게 당연해요. 한심한 사람들이니까."

에드나는 압지를 꺼내, 미리 찾아놓은 종이와 펜으로 편지를 쓰기 시작했다. 아로뱅은 담배에 불을 붙이고는 주머니에 넣어온 저녁 신문을 읽었다.

"오늘이 며칠이죠?" 에드나가 묻자 아로뱅이 날짜를 알려주었다.

"가는 길에 편지 좀 부쳐줄래요?"

"그럴게요." 에드나가 테이블을 정리하는 동안 아로뱅은 에드나에게 신문에 난 기사 몇 토막을 읽어주었다.

"이제 뭘 하고 싶어요?" 그가 신문을 한쪽으로 치우며 말했다. "산책을 하든 마차를 타든, 뭐든 할까요? 마차 타고 나가기 좋은 밤이네요."

"아뇨, 아무것도 하고 싶지 않아요. 그냥 조용히 있을래요. 그만 가요. 여기 있지 말고 혼자 좋은 시간 보내요."

"가라면 갈게요. 하지만 나 혼자서는 좋은 시간을 보낼수 없어요. 당신이 곁에 있을 때만 살아 있는 것 같거든요."

아로뱅이 일어서서 에드나에게 밤 인사를 건넸다.

"방금 한 말은 여자들한테 늘 하는 말인가요?"

"전에도 한 적은 있지만, 지금처럼 진심이었던 적은 없어요." 아로뱅이 미소를 지으며 대답했다. 에드나의 눈빛엔 따스함이 없었다. 꿈을 꾸는 듯 공허하기만 했다.

"잘 자요. 당신을 사모해요. 좋은 밤 보내길." 아로뱅은 그렇게 말하며 에드나의 손에 키스하고 돌아섰다.

에드나는 홀로 남아 몽상에 잠겼다가 일종의 무감각 상태로 접어들었다. 라이스 집의 문을 열고 로베르가 들어서던 그 순간부터 방금 전까지 그와 함께한 모든 순간을 되짚어보았다. 그의 말과 표정 전부 다. 굶주린 영혼을 채우기엔 얼마나 턱없이 부족했던가! 에드나는 기막히게 매혹적인 멕시코 여자를 떠올렸다. 그리고 질투심에 몸부림쳤다. 로베르는 언제 다시 올까. 언제 오겠다는 말을 하지 않았다. 에드나는 그와 함께 있었고, 그의 목소리를 들었고, 그의 손을 만졌다. 그러나 어쩐지, 그가 멕시코에 있을 때가 차라리 더 가까웠던 것 같았다.

35

햇살과 희망이 가득한 아침이었다. 에드나의 앞길을 가로막는 것은 아무것도 없었다. 오직 벅찬 기쁨의 희망만이 기다리고 있었다. 에드나는 온갖 기대로 가득 찬 두 눈을 반짝이며 침대에 누워 있었다.

'그 사람은 당신을 사랑해요, 가엾은 바보 같으니라고.'

에드나가 그런 확신만 가질 수 있다면, 다른 일들이야 어떻게 되건 무슨 상관일까? 전날 밤 실의에 빠졌던 자신이 너무 유치하고 경솔했다는 생각이 들었다. 로베르가 신중한 태도를 보이는 이유에 대해 생각해보았다. 극복할 수 없는 문제들이 아니었다. 로베르가 진심으로 에드나를 사랑한다면 아무것도 문제가 되지 않을 것이다. 그 무엇도, 에드나의 열정을 가로막지 못할 것이고 로베르는 머지않아 그 사실을 깨닫게 될 것이다. 에드나는 출근할 그의 모습을 상상해보았다. 그가 어떤 옷을 입을지, 어떻게 길을 걷고 어떻게 모퉁이를 돌아 회사에 갈지 상상해보았다. 책상 앞에서 몸을 숙이는 모습, 사무실에 들어서는 다른 사람들과 대화하는 모습, 점심을 먹으러 가는 모습, 거리에서 에드나를 찾는 모습도 상상했다. 그는 오후나 저녁 무렵 에드나의 집으로 찾아와서 자리에 앉아 담배를 말고, 잠시 대화를 나누다가 전날 그랬던 것처럼 일어설 것이다. 그와 함께 집에 있는 시간은 얼마나 달콤할까! 에드나는 그 시간 동안 아무 거리낌이 없겠지만, 만약 그가 신중한 태도를 보인다면 굳이 그를 다그치지 않을 것이다.

에드나는 옷을 반만 걸친 채 아침을 먹었다. 가사도우미는 라울이 휘갈겨 쓴 사랑스러운 편지를 가져왔다. 라울은 엄마를 사랑한다는 말과 함께 봉봉캔디를 보내달라고 했다. 그날 아침, 리디가 기르는 커다랗고 흰 돼지가 새끼를 낳아서 조그만 아기 돼지 열 마리가 한 줄로 누워 있다는 소식도 전했다.

남편에게서도 편지가 왔다. 3월 초에는 집으로 돌아올 수 있을 거라며 그때는 자신이 오래전에 약속했던 해외여행을 가자고, 이제 그럴만한 여유가 생겼다고 했다. 최근 월스트리트에서 얻은 수익 덕분에 그 정도는 걱정 안 하고 쓸 수 있게 되었다고 했다.

놀랍게도 아로뱅에게서도 편지가 왔다. 한밤중에 클럽에서 쓴 편지였다. 그는 아침 인사를 하며, 간밤에 잘 잤기를 바란다면서 자신의 헌신적인 사랑은 여전하다고 했다. 에드나도 아주 조금이나마 자기를 생각할 거라 믿는다고.

이 모든 편지가 에드나를 기쁘게 했다. 에드나는 즐거운 마음으로 아이들의 편지에 답했다. 봉봉캔디를 보내겠다고, 또 아기 돼지들을 만난 것을 축하한다고 했다.

남편의 편지에는 상냥하지만 교묘히 회피하며 답장했다. 남편을 속일 작정으로 일부러 그런 건 아니었다. 단지 이제 에드나는 현실감각을 완전히 잃은 채 모든 것을 운명에 맡기고 담담하게 기다리고 있었기 때문이다.

아로뱅의 편지에는 답장을 하지 않았다. 에드나는 아로뱅의 편지를 셀레스틴의 화로 뚜껑을 열고 그 안에 던져버렸다.

에드나는 몇 시간을 열정적으로 일했다. 그림 판매업자 외에는 아무도 만나지 않았다. 판매업자는 에드나에게 파리로 유학을 떠난다는 게 사실이냐고 물었다. 에드나가 그럴 수도 있다고 하자, 그는 파리 사람들을 그린 그림 몇 점을 크리스마스 휴일에 시간 맞춰 보내줄 수 있겠냐고 물었다.

로베르는 그날 오지 않았고, 에드나는 크게 실망했다. 다음 날도, 그다음 날도 그는 오지 않았다. 매일 아침 희망을 품고 깨어났지만 매일 밤 여지없이 실의에 빠졌다. 그를 찾아 나설까도 생각해보았다. 그러나 충동에 굴복하는 대신 오히려 로베르를 만날 수도 있는 상황을 어떻게든 피했다. 에드나는 라이스의 집에도 가지 않았고, 로베르가 멕시코에 있을 때 그랬던 것처럼 르브룅 부인의 집 앞을 지나가지도 않았다.

어느 날 밤, 아로뱅이 마차를 타고 바람을 쐬자고 했을 때는 그를 따라나섰다. 그들은 셸 로드에 있는 호숫가로 향했다. 아로뱅의 말들은 힘이 넘치다 못해 통제가 안 될 지경이었다. 에드나는 말들이 달릴 때의 속도감이 좋았고 거친 도로를 달리는 말발굽의 빠르고도 날카로운 소리가 좋았다. 둘은 먹거나 마시기 위해 아무데서나 멈추지 않았다. 아로뱅은 쓸데없이 경솔하게 행동는 사람은 아니었다. 그러나 에드나의 조그만 거실로 돌아와서 둘은 식사도 하고 음료도 마셨다. 비교적 이른 시간이었다.

아로뱅은 늦은 시각에 에드나의 집을 나섰다. 어느덧 에드나를 만나는 일은 아로뱅에게 스쳐지나가는 감정 이상의 무언가가 되어가고 있었다. 아로뱅은 감춰진 에드나의 관능을 감지했고, 본능을 깨우는 그의 세심한 손길에, 웅크리고 있던 열정적이고 예민한 꽃송이가 피어나듯 에드나의 감각이 깨어나고 있음을 느꼈다.

그날 밤 에드나는 실의에 빠진 채 잠들지 않았다. 다음 날 아침, 희망에 부풀어 깨어나지도 않았다.

36

교외에 정원이 하나 있었다. 나무가 우거진 아담한 정원으로 오렌지 나무들 아래 초록색 테이블이 몇 개 놓여 있었다. 돌 계단에서 늙은 고양이 한 마리가 종일 낮잠을 잤고, 손님이 초록색 테이블을 두드릴 때까지 혼혈 노파는 창문을 열어놓고 의자에 앉아 졸고 있었다. 노파는 우유와 크림치즈, 버터 바른 빵을 팔았다. 이 노파만큼 맛좋은 커피를 만드는 사람은 인근에 없었고, 그만큼 닭을 노릇노릇하게 잘 튀기는 사람도 없었다.

점잖은 사람들이 찾기엔 너무 소박한 장소였고 쾌락을 추구하는 사람들이 찾기엔 너무 한적한 장소였다. 에드나는 높은 울타리 문이 열려 있던 어느 날, 우연히 이곳을 발견했다. 흔들리는 나뭇잎 사이로 스며든 햇살이 바둑판무늬를 이루는 초록색 테이블을 보았다. 그리고 그곳에서 졸고 있는 노파와 나른하게 늘어져 있는 고양이 한 마리를 보았고, 이 버빌에서 마시던 것과 똑같은 맛의 우유를 한잔 마셨다.

에드나는 산책하다 가끔 이곳에 들르곤 했다. 때로는 책 한 권을 들고 와서, 빈자리를 찾으면 나무 그늘 아래 앉아 한두 시간 책을 읽기도 했다. 그럴 때면 셀레스틴에게 식사를 준비하지 말라고 미리 얘기해놓고 그곳에서 조용히 식사를 했다. 그곳에서 아는 사람을 만날 거라는 생각은 한번도 한 적이 없었다.

그런데 어느 늦은 오후, 책을 읽으면서 어느덧 친구가 된 고양이를 쓰다듬으며 소박한 식사를 하고 있을 때, 높은 울타리 문으로 들어서는 로베르를 봤다. 에드나는 크게 놀라진 않았다.

"당신과는 늘 이렇게 우연히 만날 운명인가보네요." 옆 의자에 앉아 있던 고양이를 밀어내며 에드나가 말했다. 로베르는 에드나와의 뜻밖의 만남에 몹시 놀라고 불편해했으며 심지어 당황한 기색이 역력했다.

"여기 자주 와요?" 그가 물었다.

"거의 살다시피 해요." 에드나가 말했다.

"난 카티슈의 훌륭한 커피를 즐기러 예전에 가끔 오곤 했어요. 귀국한 뒤로는 처음이에요."

"접시 하나 더 달라고 해서 음식 나눠 먹어요. 항상 두세 사람이 먹고도 남을 정도로 나오거든요."

에드나도 로베르처럼 무심하고 신중한 태도를 취할 생각이었다. 실의에 빠져 괴로워하며 고민에 고민을 거듭한 끝에 내린 결론이었다. 그러나 운명에 이끌리듯 눈앞에 나타난 로베르를 본 순간, 그 결심은 눈 녹듯 사라졌다.

"그동안 왜 날 멀리했나요, 로베르?" 테이블 위에 있던 책을 덮으며 에드나가 물었다.

"왜 그렇게 날 몰아세우죠, 에드나? 왜 내가 한심한 핑계를 대게 만들죠?" 로베르가 갑자기 흥분하며 물었다. "그동안 내가 바빴다고, 혹은 아팠다고, 혹은 집으로 찾아갔었는데 부인이 집에 없었다고 말해봐야 아무 소용이 없겠죠. 제발 그런 변명을 늘어놓게 만들지 말아요."

"당신은 참 이기적인 사람이에요." 에드나가 말했다. "당신은 지금 몸을 사리고 있어요. 그 이유가 뭔지는 모르겠지만, 당신에겐 이기적인 동기가 있어요. 당신이 그렇게 자기 자신만 생각하는 동안, 무심하고 냉정한 당신의 태도를 보면서 내가 어떤 기분일지는 전혀 신경 쓰지 않죠. 이런 말을 하는 게 여자답지 않다고 생각하겠죠? 하지만 이제 난 나 자신을 표현하는 데 익숙해지고 있어요. 남들이 어떻게 생각하든 상관없어요. 당신도 내가 여자답지 않다고 생각할 거라면 좋을 대로 해요."

"아뇨, 난 단지 당신이 잔인하다고 생각할 뿐이에요. 지난번에 말했던 것처럼. 의도적으로 잔인하게 구는 건 아닐 수도 있겠죠. 하지만 당신은 지금, 해봐야 의미 없는 말을 하라고 나에게 강요하고 있잖아요. 재미 삼아 상처를 구경하려는 사람처럼. 그 상처를 치유할 마음도 능력도 없으면서."

"내가 당신의 식사를 망치고 있군요. 내가 한 말 신경 쓰지 말아요. 음식에 전혀 손을 안 대고 있네요."

"난 커피나 한잔할 생각으로 온 거예요." 섬세한 그의 얼굴이 흥분한 나머지 잔뜩 일그러졌다.

"여기 정말 근사하죠?" 에드나가 말했다. "사람들이 이곳을 잘 몰라서 참 다행이에요. 정말 조용하고 아름다운 곳이잖아요. 여긴 소음도 거의 없는 거 알아요? 너무 외진 데다, 마차가 다니는 길에서도 한참 떨어져 있죠. 하지만 난 걷는 게 그렇게 싫지 않아요. 걷기 싫어하는 사람들을 보면 안타까워요. 너무 많은 걸 놓치니까요. 소중한 삶의 단면들은 걸으면서 많이 볼 수 있는데……. 세상을 모르는 사람이 많아요. 카티슈의 커피는 항상 뜨겁네요. 어떻게 그럴까요. 이렇게 야외인데 말이에요. 셀레스틴의 커피는 주방에서 식탁으로 내오는 동안 다 식어버리거든요. 설탕 세 개라뇨! 커피를 왜 그렇게 달게 마셔요? 그러지 말고 이 샐러드 좀 먹어봐요. 아삭하게 씹히는 맛이 일품이네요. 여기선 커피를 마시면서 담배도 피울 수 있다는 게 장점인 것 같아요. 요즘 시내에선…… 지금 담배 피우려고요?"

"좀 있다가요." 로베르가 테이블 위에 담배를 올려놓으며 말했다.

"담배는 어디서 났어요?" 에드나가 웃었다.

"샀어요. 요즘 갈수록 무모해지네요. 한 상자를 통째로 샀어요."

에드나는 그를 몰아세워 불편하게 만들지 않겠다고 결심했다.

고양이가 어느덧 로베르와 친해져서 담배를 피우는 그의 무릎위에 올라갔다. 로베르는 보드라운 털을 쓰다듬으며 고양이에 대해 조금 얘기했다. 그가 에드나의 책을 쳐다보더니 자기는 그 책을 다 읽었다면서, 끝까지 읽는 수고를 덜어주겠다며 책의 결말을 알려주었다.

이번에도 로베르는 에드나를 집까지 바래다주었다. 조그만 비둘기집에 다다랐을 땐 이미 해가 저문 뒤였다. 에드나는 들어오라고 말하지 않았고 로베르는 그 점이 고마웠다. 내키지 않는 핑계를 번거롭게 댈 필요 없이 슬쩍 들어갈 수 있었기 때문이었다. 로베르는 에드나가 램프에 불을 붙이는 것을 도왔고, 에드나는 안으로 들어가 모자를 벗고 세수를 하고 손을 씻었다.

에드나가 거실로 돌아왔을 때 로베르는 전처럼 그림이나 잡지를 보고 있지 않았다. 그저 몽상에 잠긴 듯 어둠 속에서 고개를 뒤로 젖히고 의자에 앉아 있었다. 에드나는 테이블 위의 책들을 정리하며 조금 더 시간을 끌었다. 그러고는 거실을 가로질러 그가 앉아 있는 곳으로 다가갔다. 에드나가 몸을 숙이고 그의 이름을 불렀다.

"로베르, 잠들었어요?"

"아뇨." 그가 에드나를 올려다보며 말했다.

에드나는 몸을 숙여 그에게 키스했다. 보드랍고, 서늘하며, 섬세한 키스였다. 관능적인 키스가 찌르듯 로베르의 온몸으로 파고들었다. 에드나가 그에게서 물러서자 로베르는 다가가 두 팔로 에드나를 품 안에 꽉 끌어안았다. 에드나가 두 손으로 그의 얼굴을 붙잡아 그의 뺨을 자신의 뺨에 대었다. 사랑과 애틋함이 담긴 몸짓이었다. 그가 다시 에드나의 입술을 찾았다. 그러고는 자신의 옆에 끌어 앉히며 에드나의 손을 잡았다.

"이젠 당신도 알겠네요." 그가 말했다. "지난여름 그랜드 아일에서 당신을 만난 뒤로 내가 무엇과 싸워왔는지, 내가 왜 당신을 떠났고 왜 당신에게 돌아왔는지."

"왜 그 감정과 싸웠죠?" 여린 불빛에 에드나의 얼굴이 환하게 빛났다.

"왜냐고요? 당신은 자유롭지 않으니까요. 당신은 레옹스 퐁틀리에의 아내잖아요. 그런데 당신이 열 번이고 그의 아내가 되었다고 해도, 난 당신에 대한 사랑을 멈출 수가 없었어요. 당신에게서 떨어져 있으면 그나마 당신에게 그런 말을 하지 않을 수는 있었죠."

에드나가 한 손을 그의 어깨에 잠시 올렸다가, 뺨을 다정하게 어루만졌다. 그러자 그가 다시 키스했다. 그의 얼굴이 벌겋게 달아올랐다.

"멕시코에 있는 내내 당신만을 생각했어요. 당신만을 그리워했어요."

"하지만 편지는 쓰지 않았잖아요." 에드나가 말했다.

"당신도 날 좋아한다는 걸 알게 된 순간, 이성을 잃었어요. 다른 건 다 잊고 오직 당신을 어떻게든 내 아내로 만들어야겠다는 말도 안 되는 생각만 했어요."

"날 당신의 아내로 만든다고요!"

"당신만 상관없다면, 종교도, 신의도, 그 어떤 거라도 다 포기할 수 있을 것 같았어요."

"내가 레옹스 퐁틀리에의 아내라는 사실을 잊었군요."

"아! 난 한마디로 제정신이 아니었어요. 아내를 놓아주었다는 남자들을 생각하면서 허황된 꿈을 꾸었죠. 그런 사람들 얘기도 간혹 들려오잖아요."

"맞아요. 그런 얘기 들은 적 있어요."

"터무니없는 미친 생각들을 품고 돌아왔어요. 그런데 막상 돌아와보니……."

"돌아온 뒤로는 날 찾지도 않았잖아요!" 에드나는 여전히 그의 뺨을 어루만지고 있었다.

"그런 생각을 한 내가 얼마나 정신 나간 놈인지 깨닫게 되더군요. 설령 당신이 그럴 생각이 있다고 해도 말이에요."

에드나는 영영 눈을 떼지 않겠다는 듯 두 손으로 그의 얼굴을 붙잡고 그를 바라보았다. 그리고 그의 이마, 눈, 뺨, 입술에 키스했다.

"남편이 날 놓아줄 거라는 허황된 꿈을 꾸면서 시간을 낭비하다니 정말, 정말, 어리석군요. 난 더 이상 남편이 자기 맘대로 할 수 있는 소유물이 아니에요. 난 내가 가고 싶은 곳은 어디든 갈 수 있어요. 만약 남편이 '자, 로베르. 이제 이 여자를 데리고 가서 행복하게 살아'라고 한대도 난 두 사람 모두를 비웃을 거예요."

로베르의 안색이 조금 창백해졌다.

"그게 무슨 뜻이죠?" 그가 물었다.

그때 노크 소리가 들렸다. 셀레스틴이 들어오더니 아델의 가사도우미가 방금 뒷문으로 찾아왔다고 했다. 진통이 시작되었으니 속히 와달라는 말을 전했다면서.

"알겠어요, 갈게요." 에드나가 일어서며 말했다. "내가 약속했거든요. 지금 가니까 기다리라고 해요. 그 집 하인이랑 같이 갈게요."

"내가 바래다줄게요." 로베르가 말했다.

"아뇨. 가사도우미랑 같이 갈 거예요." 에드나는 방에서 모자를 쓰고 나와 그의 곁에 다시 한번 앉았다. 로베르는 그 자리에 꼼짝 않고 앉아 있었다. 에드나가 두 팔로 그의 목을 감았다.

"안녕, 나의 사랑 로베르. 당신도 내게 인사해줘요." 로베르는 한번도 느껴본 적 없는 열정을 담아 격정적으로 키스한 뒤 에드나를 품에 안았다.

"사랑해요." 에드나가 속삭였다. "오직 당신만을, 그 누구도 아닌 당신만을. 당신이 나를 긴 세월의 어리석은 꿈에서 깨어나게 해주었어요. 당신이 내게 무심해서 그동안 얼마나 슬펐는지 몰라요! 얼마나 괴로워하고 또 괴로워했는지 몰라요! 이제 우린 여기서 서로를 사랑하게 될 거예요. 서로에게 전부가 될 거예요. 이제 다른 건 하나도 중요하지 않아요. 난 친구에게 가봐야 해요. 날 기다려줄 거죠? 내가 아무리 늦어도, 기다려줄 거죠, 로베르?"

"가지 말아요, 제발 가지 말아요. 에드나, 내 곁에 있어줘요." 그가 애원했다. "왜 꼭 가야하죠? 내 곁에 있어줘요. 제발 부탁이에요."

　"최대한 빨리 돌아올게요. 여기서 날 기다려요." 에드나는 그의 목에 얼굴을 파묻고 다시 한번 작별인사를 했다. 에드나의 매혹적인 목소리가 그의 깊은 사랑과 어우러져 그의 감각을 마비시켰고 오직 이 여자를 곁에 두고 품에 안고 싶다는 열망만을 남겼다.

37

에드나는 약국 안을 들여다보았다. 라티뇰 씨가 붉은 액체를 조그만 유리잔에 따르며 약을 조제하고 있었다. 그는 에드나를 보고 무척 반가워했다. 와준 것만으로도 아내에게 큰 힘이 될 거라면서. 힘든 상황에 처할 때마다 늘 곁에 있어주었던 그의 언니가 농장에서 올라오지 못해 아내가 무척 상심하고 있었는데, 친절하게도 퐁틀리에 부인이 와주어서 다행이라고 했다. 간호사는 집이 멀어서 지난주부터 계속 그의 집에 머물고 있으며, 오후에는 망들레 박사가 수시로 다녀가고 있어 그들은 지금도 박사를 기다리고 있던 참이었다.

에드나는 약국 뒷문에서 위층의 집으로 연결된 전용 계단을 서둘러 올라갔다. 아이들은 뒷방에서 모두 잠들어 있었다. 아델은 진통 때문에 괴로워서 거실에 나와 있었다. 흰 **잠옷** 차림으로 소파에 앉아 있었고 초조한 듯 손수건을 꽉 움켜쥐고 있었다. 얼굴은 초췌하고 잔뜩 일그러졌으며, 사랑스러운 파란 눈동자는 퀭하고 기이했다. 아름다운 머리카락은 뒤로 넘겨 길게 땋았는데, 땋아서 늘어뜨린 머리채가 마치 황금색 뱀처럼 소파위로 늘어졌다. 편안한 인상의 혼혈 간호사는 흰 앞치마를 두르고 모자를 쓰고 있었다. 간호사는 부인에게 어서 침실로 돌아가자고 재촉했다.

"정말 아무짝에도 쓸모없는 사람이에요."에드나를 보자마자 아델이 말했다. "망들레 박사를 해고해야겠어요. 너무 나이도 많고 일도 건성으로 해요. 7시 반에 온다고 했는데, 8시는 됐을걸요. 조세핀, 몇 시인지 좀 봐줘요."

천성이 밝은 간호사는 그 어떤 상황도 심각하게 받아들이지 않았다. 자신에게 익숙한 상황이라면 더더욱 그랬다. 간호사는 부인에게 힘을 내라고, 조금만 더 참으라고 말했다. 아델은 아랫입술을 깨물었고, 에드나는 그의 흰 이마에 땀방울이 맺히는 것을 보았다. 잠시 후 아델이 큰 한숨을 내쉬며 동그랗게 말아 쥔 손수건으로 얼굴을 닦았다. 아델은 지쳐 보였다. 간호사가 향수를 뿌린 새 손수건을 가져다주었다.

"이건 정말 너무해!" 아델이 소리를 질렀다. "망들레는 죽어도 싸! 알퐁스는 또 어디 있지? 다들 날 이렇게 방치하고 무시해도 되는 거야?"

"방치하다니요, 어떻게 그런 말씀을!" 간호사가 소리쳤다. 이렇게 간호사가 옆에 있고, 퐁틀리에 부인도 유쾌한 저녁시간을 마다하고 이렇게 와주고, 라티뇰 씨도 지금 막 들어오고 있지 않느냐고 간호사가 말했다. 망들레 박사의 마차가 들어오는 소리를 자기가 분명히 들었으니 보라고 했다. 정말이지 문 앞에는 마차가 있었다.

아델은 간호사의 말대로 침실로 돌아가서 침대 옆의 자그마한 소파의 가장자리에 걸터앉았다.

망들레 박사는 아델의 비난에 아랑곳하지 않았다. 그는 출산하는 여자의 심리 상태에 익숙했고, 자신에 대한 부인의 신뢰를 너무도 잘 알고 있었다.

박사는 에드나를 보고 반가워하며 거실에서 잠시 대화를 나누고 싶어 했다. 그러나 아델은 에드나를 잠시도 놓아주려 하지 않았다. 진통 사이사이에 에드나와 얘기를 나누었고 그래야 진통을 잊을 수 있다고 했다.

에드나는 초조해지기 시작했고 막연한 두려움에 휩싸였다. 출산을 한 게 너무도 오래전 일인 데다 실제로 일어난 일 같지 않을 정도로 가물가물했다. 에드나는 어렴풋이 그 고통의 절정을, 강한 소독약 냄새를, 혼수상태에 빠지며 감각이 마비되었던 기억을 떠올렸다. 정신을 차려보니 자신이 숨결을 불어넣어준 조그만 생명체가 있었다. 이 세상에 왔다가 떠나는 수많은 영혼들에 하나를 더 보탠 것이었다.

에드나는 문득 괜히 왔다는 생각이 들기 시작했다. 자신이 여기 있어야 할 이유가 없었다. 오지 못한다고 핑계를 댈 수도 있었건만. 지금이라도 집에 갈 핑계거리를 만들어 둘러댈 수도 있었지만, 에드나는 가지 않았다. 그저 내면의 고통을 견디며, 자연의 섭리에 대한 끓어오르는 혐오감을 견디며 고문의 현장을 지켜보았다.

친구의 이마에 다정하게 키스하며 마침내 작별을 고할 때도 에드나는 여전히 정신이 아득했고 말을 잃은 상태였다. 그때 아델은 에드나의 얼굴에 뺨을 대고 지친 목소리로 속삭였다. "아이들을 생각해요, 에드나. 아이들을 생각해야 해요! 아이들을 잊어선 안 돼요!"

38

밖으로 나와 바람을 쐴 때도 에드나는 여전히 멍한 상태였다. 박사를 태우러 돌아온 마차가 현관 앞에 서 있었다. 에드나는 마차를 타고 싶지 않아서 걸어가겠다고 했다. 무섭지 않다고, 혼자 갈 수 있다고 했다. 망들레 박사는 마부에게 퐁틀리에 부인의 집 앞에서 만나자고 말한 뒤 에드나와 함께 걷기 시작했다.

높이 솟아오른 저택들 사이로 난 좁은 길 위에서 별들이 반짝였다. 날은 포근했지만 봄밤의 서늘함도 느껴졌다. 그들은 천천히 걸었다. 박사는 뒷짐을 지고 묵직하고 규칙적인 걸음을 내디뎠고, 에드나는 그랜드 아일에서의 어느 날 밤에 그랬던 것처럼, 마치 생각이 저만치 앞서가고 몸은 그 생각을 따라가듯 멍한 상태로 걸었다.

"괜히 오신 것 같습니다, 부인." 그가 말했다. "부인이 올

261

곳이 아니었어요. 아델은 아기를 낳을 때 감정 기복이 심해요. 이곳에 올 사람들은 얼마든지 있었어요. 무덤덤한 사람들이요. 부인을 오게 한 건 정말 잔인한 일이었습니다. 오지 말았어야 했어요."

"글쎄요!" 에드나가 덤덤하게 답했다. "아무래도 상관없어요. 어차피 아이들 생각을 안 할 수는 없잖아요. 빠를수록 좋겠죠."

"레옹스는 언제 돌아오나요?"

"곧 돌아와요. 3월에요."

"외국에 가실 건가요?"

"어쩌면요. 아니, 안 가요. 앞으론 무슨 일이든 억지로 하진 않을 거예요. 난 외국에 가고 싶지 않거든요. 날 그냥 내버려 두면 좋겠어요. 누구도 나에게 이래라 저래라 할 권리는 없어요. 아이들을 제외하면요. 아니, 심지어 아이들마저도 내 생각엔, 아니, 분명히……." 말이 생각을 제대로 표현하지 못하고 있음을 깨달은 에드나가 별안간 입을 다물었다.

"문제는." 에드나의 속마음을 간파한 박사가 한숨을 쉬었다. "젊은 사람들은 너무 쉽게 환상에 휩쓸린다는 거예요. 그게 자연의 섭리인 것 같습니다. 종족의 보존을 위해 어머니를 확보하려는 수단이라고 할까요. 하지만 자연의 섭리는 도의적인 문제라든가, 우리가 만들어놓았고 또 지켜야할 의

무가 있는 삶의 조건들은 고려하지 않아요."

"맞아요." 에드나가 말했다. "지나간 시간이 전부 다 한낱 꿈같아요. 계속 잠든 상태로 꿈을 꿀 수 있다면 얼마나 좋을까요. 하지만 아침에 잠에서 깨어나 눈을 뜨는 편이, 비록 고통스럽더라도 잠에서 깨어나는 편이 일생을 망상에 빠져 사는 것보단 낫겠죠."

"제가 보기엔 말입니다, 부인." 헤어질 때가 되자 박사가 에드나의 손을 잡고 말했다. "부인은 지금 곤경에 처한 것 같습니다. 비밀을 털어놓으라고 말할 생각은 없어요. 하지만 혹시 마음이 바뀌어서 제게 털어놓는다면, 제가 도움을 드릴 수도 있어요. 분명히 말씀드리는데, 전 부인을 이해합니다. 부인을 이해할 사람이 결코 많지는 않을 거예요."

"고민을 털어놓고 싶지 않아요. 박사님의 배려는 감사합니다. 감사할 줄 모르는 건 아니에요. 좌절감과 고통이 엄습해 올 때가 있지만 제 방식이 아닌 것은 원치 않아요. 다른 사람들의 삶과 마음을, 다른 사람들의 편견을 짓밟을 수밖에 없다면 너무 많은 걸 원해선 안 되겠죠. 하지만 무슨 일이 있어도, 아이들의 삶을 짓밟고 싶진 않아요. 아, 제가 무슨 말을 하는 건지 모르겠네요, 박사님, 안녕히 가세요. 절 너무 비난하진 마세요."

"네, 하지만 부인이 속히 절 찾아오지 않으면, 비난할 겁니다. 우린 부인이 상상조차 못 했던 얘기를 나누게 될 거예요. 그건 우리 두 사람 모두에게 좋은 일이죠. 무슨 일이 생기더라도, 자신을 비난하지 않기를 바랍니다. 안녕히 계세요."

에드나가 울타리 문 안으로 들어섰다. 그러나 집 안으로 들어가지 않고 현관 계단에 앉았다. 밤은 고요하고 포근했다. 지난 몇 시간 동안 느꼈던 온갖 강렬한 감정들이, 벗으려고 단추를 풀어둔 칙칙하고 불편한 옷처럼 떨어져 나갔다. 에드나는 아델이 하인을 보내기 전의 시간으로 돌아갔다. 로베르가 한 말들, 몸을 조여오던 그의 두 팔, 입술에 닿던 그의 입술을 떠올리자 다시금 감각에 불이 붙었다. 사랑하는 사람을 소유하는 것보다 더 짜릿한 기쁨의 순간은 상상할 수 없었다. 로베르가 사랑을 고백한 것으로 로베르는 이미 자신의 일부를 내주었다. 로베르가 집 안에서 자신을 기다리고 있다는 사실을 떠올린 순간, 에드나는 기대감에 들떠 온 몸이 얼얼해졌다. 너무 늦게 돌아오긴 했다. 로베르는 아마도 잠들었을 것이다. 키스로 그를 깨워야겠다고 생각했다. 그가 잠들어 있기를, 잠든 그를 애무로 깨울 수 있기를 바랐다.

그러나 아델이 속삭이던 말이 여전히 귓가에 맴돌았다. "아이들을 생각해요, 아이들을." 에드나는 아이들을 생각하기로 마음먹었고, 그 결심은 마치 치명적인 상처처럼 영혼을 파고들었다. 다만 오늘밤은 아니었다. 모든 것은 내일 생각하면 될 터였다.

조그만 거실에서 기다리고 있을 줄 알았던 로베르가 보이지 않았다. 집 안 어디에도 없었다. 집은 텅 비어 있었다. 램프의 불빛 아래 그가 남겨둔 쪽지만이 보였다.

"사랑해요. 그러나 당신을 사랑하기 때문에, 안녕."

쪽지를 읽고 에드나는 머릿속이 아득해졌다. 소파로 다가가 앉았다. 아무 소리도 내지 않고 그대로 축 늘어졌다. 침대로 가지도 않았다. 램프가 지지직거리다가 그만 꺼졌다. 아침이 되고 셀레스틴이 불을 지피려고 주방문을 열고 들어왔을 때도 에드나는 여전히 깨어 있었다.

39

빅토르는 망치와 못, 조그만 나무토막들을 들고 테라스 한 귀퉁이를 수리하고 있었다. 마리키타가 그의 곁에 앉아 다리를 흔들며 그가 일하는 것을 지켜보다가 연장통에서 못을 꺼내 건네주곤 했다. 햇볕이 무지막지하게 내리쬐고 있었다. 마리키타는 작은 행주치마를 네모나게 접어 머리에 썼다. 두 사람은 한 시간 넘게 이야기를 나누는 중이었다. 마리키타는 퐁틀리에 부인의 만찬에 대한 빅토르의 이야기를 아무리 들어도 질리지 않았다. 빅토르는 모든 일을 과장하면서 그날의 만찬이 루클루스(정계에서 은퇴한 뒤에 향락적인 삶을 보낸 것으로 알려진 로마의 장군-옮긴이)의 만찬이라도 되는 양 떠벌렸다. 그날 퐁틀리에 저택에는 거대한 꽃병마다 꽃들이 그득했고, 사람들은 커다란 황금 고블릿(유리나 금속으로 된 포도주잔-옮긴이)에 따른 샴페인을 벌컥벌컥 들이켰다. 상석에 앉아 미모와 다이아몬드 장식을 뽐내는 퐁틀리에 부인은 거품에서 솟아오른 비너스보다 더 매혹이었으며, 그 자리에 있던 다른 여자들도 독보적인 매력을 지닌 미인들이었다.

마리키타는 빅토르가 퐁틀리에 부인과 사랑에 빠진 게 아닌지 의심이 들었다. 마리키타의 질문에 그가 모호하게 대답해 더욱 의심을 부추겼다. 부루퉁해진 마리키타는 훌쩍이며 자기는 그만 떠날 테니 그 아름다운 여자들한테 가라고 쏘아붙였다. 자기에게 반한 남자들이 셰니에르에 열두 명은 된다고, 요즘은 결혼한 사람과 연애하는 게 유행이니 자기도 언제든 셀리나의 남편과 함께 뉴올리언스로 도망칠 수도 있다고 소리쳤다.

빅토르는 셀리나의 남편은 바보에 겁쟁이, 심지어 돼지라며 진짜 그렇다는 걸 보여주기 위해 다음번에 그를 만나면 망치로 그의 머리를 쳐 곤죽을 만들어버리겠다고 했다. 그 말을 듣자 무척 안심이 된 마리키타는 이내 눈물을 닦고 활기를 되찾았다.

두 사람이 여전히 그날의 만찬과 매혹적인 도시 생활에 대해 얘기하고 있을 때 퐁틀리에 부인이 본채의 모퉁이를 돌아 모습을 드러냈다. 젊은 남녀는 유령을 본 것처럼 멍하니 넋을 놓고 그를 쳐다보았다. 먼 길을 오느라 조금 지치고 흐트러진 모습이긴 해도 틀림없는 퐁틀리에 부인이었다.

"부두에서부터 걸어왔어요." 에드나가 말했다. "망치 소리가 들리더군요. 그래서 아마 당신이 테라스를 수리하나 보다 생각했죠. 잘 생각했네요. 지난여름 헐거워진 판자에 걸려 툭하면 넘어졌거든요. 이곳의 모든 것이 참 음울하고 쓸쓸해 보이네요!"

얼마 후 빅토르는 에드나가 보들레의 작은 돛단배를 타고 혼자서 여기까지 왔고, 특별한 목적 없이 쉬러 왔음을 알게 되었다.

"보시다시피 아직 전혀 준비가 되지 않았어요. 제가 쓰는 방을 내어드리죠. 그 방밖에 없거든요."

"어느 방이든 상관없어요." 에드나가 그를 안심시켰다.

"필로멜이 만든 음식이 괜찮으실지." 그가 말을 이었다. "부인이 여기 있는 동안 필로멜의 어머니를 오라고 할까 봐요. 필로멜의 어머니가 오시려나?" 빅토르가 마리키타를 돌아보며 물었다. 돈을 넉넉하게 준다고 하면 며칠 정도는 올 거라고 마리키타가 답했다.

퐁틀리에 부인이 나타난 것을 보고 마리키타는 혹시 연인들의 재회가 아닌지 의심했다. 하지만 그렇다기엔 빅토르가 진심으로 놀란 것 같았고, 퐁틀리에 부인도 빅토르에게 전혀 관심이 없어 보였다. 그래서 불편한 생각은 그리 오래 머물지 않았다. 마리키타는 미국에서 가장 호화로운 만찬을 베푼 이 여자, 뉴올리언스의 모든 남자를 자신의 발아래 무릎 꿇린 이 여자를 유심히 살펴보았다.

"식사는 언제 할 건가요?" 에드나가 물었다. "너무 배가 고파서요. 특별한 걸 준비할 생각은 말아요."

"바로 준비할게요." 서둘러 연장을 챙기며 빅토르가 말했다. "일단 방에 가서 좀 씻고 쉬세요. 마리키타가 안내해드릴 거예요."

"고마워요." 에드나가 말했다. "그런데 난 바닷가에 나가서 몸을 좀 씻고 싶어요. 어쩌면 저녁 먹기 전에 수영을 좀 할지도 모르겠어요."

"물이 엄청 차요!" 두 사람이 동시에 소리쳤다. "수영할 생각일랑 마세요."

"그래도 일단 가볼래요. 발이라도 담가보게요. 햇볕이 따가워서 바다 깊은 곳까지 데워졌을 지도 몰라요. 수건 몇 장만 줄래요? 지금 바로 가야겠어요. 그래야 제때 돌아올 테니까. 오후엔 너무 추울 거 같아요."

마리키타가 빅토르의 방에 가서 수건을 몇 장 가져와 에드나에게 건넸다.

"저녁엔 생선 요리가 있으면 좋겠네요." 바닷가로 걸으며 에드나가 말했다. 하지만 "생선이 없어도 괜찮으니 특별한 음식을 준비하진 말아요."

"가서 필로멜의 어머니를 모셔 와." 빅토르가 마리키타에게 말했다. "난 주방에 가서 뭐라도 좀 해보게. 젠장! 하여간 진짜 이기적이라니까! 미리 전갈이라도 보냈어야지."

에드나는 무심히 바닷가로 걸었다. 태양이 뜨겁다는 것 말고는 특별한 느낌이 없었다. 이제 에드나에겐 그 어떤 생각에도 오래 머물지 않았다. 로베르가 떠난 뒤, 아침이 올 때까지 뜬눈으로 소파에 앉아 있는 동안 해야 할 생각들은 이미 다 했다.

에드나는 혼잣말을 하고 또 했다. "오늘은 아로뱅, 그리고 내일은 또 다른 누군가겠지. 누가 됐건 나에겐 아무 상관없어. 레옹스 퐁틀리에라고 해도. 하지만 라울과 에티엔은!" 에드나는 오래전 아델 라티뇰에게 자신이 했던 말, 본질적이지 않은 것들은 다 포기할 수 있지만 아무리 아이들을 위해서라도 스스로를 희생하지는 않겠다고 했던 말이 정확히 어떤 의미였는지 이제야 비로소 알 것 같았다.

뜬눈으로 지새운 밤에 엄습해왔던 좌절감은 좀처럼 떠날 줄을 몰랐다. 에드나는 이 세상에 아무것도 바라는 게 없었다. 곁에 있어주길 바란 사람은 오직 로베르뿐이었다. 그러나 로베르도, 로베르에 대한 생각들도 언젠가는 다 사라지고 결국 홀로 남게 되리란 것을 알고 있었다. 두 아이가 눈앞에 나타났다. 에드나를 완전히 제압해서 남은 삶 동안 그의 영혼을 노예처럼 질질 끌고 가려는 듯이. 에드나는 그들에게서 벗어날 방법을 알고 있었다. 바닷가로 걸어가는 동안에는 그런 생각도 하지 않았다.

수백만 개의 빛으로 반짝이는 바다가 눈앞에 펼쳐져 있었다. 바다의 목소리는 너무도 매혹적이었고, 결코 멈출 줄 몰랐다. 속삭이고, 떠들어대다가, 웅얼거리며 고독의 심연으로 들어오라고 유혹했다. 백사장 어디에도 살아 있는 생명은 보이지 않았다. 날개가 부러진 새 한 마리가 하늘로 날아오르다가 중심을 잃고 퍼덕거리더니 빙빙 돌다 바다로 추락했다.

예전에 입던 빛바랜 수영복이 늘 있던 자리에 걸려 있었다. 에드나는 입던 옷을 탈의실에 벗어놓고 수영복으로 갈아입었다. 그러나 완벽하게 혼자서 바다 앞에 서는 순간, 불편하고 따가운 수영복을 벗어 던졌다. 햇살 아래 난생처음으로 발가벗고 서자 바람이 몸을 감쌌고 파도가 손짓했다.

하늘 아래 발가벗고 서 있는 기분은 얼마나 어색하고 기이한지! 또 얼마나 달콤한지! 에드나는 마치 갓 태어나, 익숙하지만 어딘가 낯선 세상에 처음 눈뜨는 아기가 된 기분이었다.

작은 파도의 거품이 하얀 발에 부서지며 발목을 뱀처럼 휘감았다. 에드나는 바다로 걸어 들어갔다. 물이 차가웠지만 계속 걸었다. 수심이 깊었지만 몸을 물에 띄운 채 길게 팔을 저으며 계속 앞으로 나아갔다. 바다의 손길은 육감적이었고 에드나의 몸을 보드랍고도 포근하게 감쌌다.

에드나는 계속 앞으로 나아갔다. 처음으로 멀리까지 헤엄쳐 갔던 날, 다시 육지로 돌아오지 못할까 봐 두려움에 휩싸였던 날을 떠올렸다. 이번에는 뒤돌아보지 않았다. 계속 앞으로 나아갔다. 어린 시절 뛰놀던, 시작도 끝도 없이 펼쳐진 푸른 초원을 생각하면서.

갈수록 팔다리의 힘이 빠졌다.

레옹스와 아이들을 생각했다. 그들은 에드나의 삶의 일부였다. 그러나 그들이라도 에드나를, 에드나의 몸과 영혼을 소유할 수는 없었다. 라이스가 알게 되면 얼마나 비웃을까. 얼마나 경멸할까.

'그러고도 당신이 예술가인가요? 정말 가식적이군요. 예술가라면 모험하고 저항하는 용맹스러운 영혼을 지녀야 해요!'

피로감이 에드나를 조여오고 짓눌렀다.

"사랑하기 때문에, 안녕."

로베르는 알지 못했다. 그는 이해하지 못했다. 앞으로도 결코 이해하지 못할 것이다. 망들레 박사를 만났다면 박사는 이해할 수 있었을지도. 그러나 너무 늦었다. 어느덧 육지에서 너무 멀리 와버렸고 더 이상 힘이 남아 있지 않았다.

에드나가 먼 육지를 보았다. 순간 익숙한 두려움이 되살아났지만 이내 사라졌다. 아버지의 목소리가 들렸고, 마거릿의 목소리가 들렸다. 플라타너스 나무에 묶인 늙은 개가 짓는 소리가 들렸다. 기병대 장교가 현관을 걸을 때마다 구두 박차에서 나던 달그락거리는 소리도 들렸다. 벌들이 윙윙대는 소리가 들렸고, 패랭이꽃 향기가 사방에 진동했다.

옮긴이의 글

문학의 바다에 흔적을 남기다

고전을 번역하는 일은 언제나 즐겁다. 소설이 많이 읽히지 않는 시대에 긴 시간을 견디고 살아남은 이야기의 생명력이 너무도 반갑고 애틋하다. 그것은 이미 여러 차례 번역되고 읽힌 작품을 새로 번역하는 데서 오는 부담을 상쇄하고도 남을 정도로 커다란 기쁨이다.

오래된 작품은 '개인의 고뇌'가 '인간의 고뇌'임을 깨닫게 해준다고 했던가. 소설 『각성』에도 시대를 앞선 작가 케이트 쇼팽의 삶과 고뇌가 선명하게 담겨 있다. 그의 삶을 읽는 것은 작품을 번역하는 것만큼이나 의미 있었다.

1850년 다섯 남매 중 셋째로 태어난 케이트 쇼팽은 다섯 살에 아버지를 여의고, 자라면서 형제와 자매를 모두 잃어 20대 중반 이후에는 홀로 남았다. 서른두 살에는 말라리아로 남편을 잃고 빚까지 떠안았다. 여섯 자녀를 데리고 간 친정에서는 어머니마저 세상을 떠났다. 유년기부터 이어진 기나긴 상실의 시간은 쇼팽에게 깊은 우울을 주었다. 그러나 수많은 걸출한 예술가들이 그러했듯이, 쇼팽 역시 우울을 양분으로 글을 쓰기 시작했다.

처음 글을 쓰기 시작했을 때 쇼팽의 나이는 서른아홉 살이었다. 그로부터 10여 년간 수많은 단편과 장편, 시와 수필을 썼다. 마치 그간의 지난한 삶을 쏟아내듯이.

대표작으로 알려진 『각성』은 그가 마흔여덟 살이었던 1899년에 출간되었다. 잠시 독자들의 사랑을 받는 듯했으나 부도덕하고 천박하다는 이유로 결국 빛을 보지 못했으니, 삶은 그에게 끝내 친절하지 않았다. 그는 1904년 54세의 나이로 생을 마감했다.

케이트 쇼팽은 선구적인 페미니즘 작가로 일컬어지지만, 작품이 발표된 당시에는 여성들에게 큰 영향을 미치지 못했다. 그만큼 많이 읽히지 않았다. 여성운동가들이 그의 작품을 논하고 평가하기 시작한 것은 그가 세상을 떠난 후 반세기가 지난 1960년대에 이르러서였다. 쇼팽의 모든 작품에 깃든 여성의 주체적 삶에 대한 갈망은 이후 여성운동을 관통하는 핵심적 사유와 맞닿아 있었다.

『각성』은 오래전 태풍으로 소실되어 지금은 존재하지 않는 휴양 섬 '그랜드 아일'을 주 무대로 펼쳐진다. 섬에서 가족들과 함께 여름휴가를 보내던 에드나는 문득 습관처럼 순종하고 순응하며 살아온 자신의 삶에 권태를 느낀다. 사랑을 통해 새로운 삶의 가능성을 엿본 그는 아이들의 수호천사로, 남편의 그림자로 살고 싶지 않은 자신의 내면과 기꺼이 조우한다. 모두가 기꺼이 누릴 풍요로운 삶이 그에게는 더 이상 맞지 않는 옷처럼 불편하게 느껴지기 시작한다. 휴양지에서 집으로 돌아온 뒤에도 각성의 삶은 계속된다. 그는 그림을 그리고 싶다는 오랜 열망을 실현하고, 경제적 독립을 꿈꾸며 자기만의 공간을 마련한다. 당시로서는 당연히 파격적이고 충격적으로 받아들여질 모습들이다. 에드나의 각성은 다음 대사에 함축되어 있다.

본질적이지 않은 것들은 포기할 수 있어요. 아이들에게 돈을 줄 수도 있고 나의 목숨을 내놓을 수도 있어요. 하지만 나 자신을 내어주진 않을 거예요.

그러나 새로운 삶은 순탄치 않았다. 그가 기댔던 사랑은 관습을 뛰어넘을 정도로 강하지 않았고, 이전의 삶으로 돌아가는 것은 죽음과도 같았다. 남은 삶을 살아갈 동력을 잃은 에드나는 삶으로 돌아가지 않는다.

소극적이고 의존적인 여성의 삶에 갇히길 거부하고, 자유롭고 독립적인 한 인간이기를 원했던 에드나의 이야기지만, 소설 전반에 짙게 깔린 여성적 감성과 사랑을 잃고 삶을 버리는 결말은 다소 아이러니하다. 그러나 작품의 나이를 무색하게 하는 감각적인 대사와 에피소드가 시공간을 초월하는 고전의 의미와 가치를 다시금 되새겨보게 한다.

본질적인 것을 포기할 수 없다는 그의 말은 지금도 유효하다. 섬 하나가 사라질 정도로 긴 시간이 흘렀는데도, 케이트 쇼팽의 작품은 여전히 읽힌다. 문학의 바다에 "바닷물을 젓는 노의 흔적"조차 남기지 못하는 수많은 작품들 속에서 그의 작품은 깊은 흔적을 남겼다. 에드나와 같은 행로로 자신의 삶을, 혹은 죽음을 완성한 비운의 여성들을 우리는 이미 현실에서나 작품 속에서나 수없이 목도했다. 그런데도 『각성』이 아직까지도 수많은 독자에게 큰 울림을 주는 이유는 무엇일까. 우리는 케이트 쇼팽이 살았던 시대에서 얼마나 멀리 왔을까.

『각성』은 독자에게 답을 주지 않는다.
대신 묵직한 하나의 질문을 던진다.

당신은 삶의 주인으로 살고 있는가?

2023년 여름

이진

W 윌북 클래식
불꽃 컬렉션

각성

펴낸날 초판 1쇄 2023년 10월 2일

지은이 케이트 쇼팽

옮긴이 이진

펴낸이 이주애, 홍영완

편집장 최혜리

편집2팀 이정미, 박효주, 문주영, 홍은비

편집 양혜영, 장종철, 김하영, 강민우, 김혜원, 이소연

마케팅 김태윤, 김철, 정혜인, 김준영

디자인 박아형, 김주연, 기조숙, 윤소정

해외기획 정미현

경영지원 박소현

도움교정 김이슬

펴낸곳 (주)윌북 출판등록 제2006-000017호

주소 10881 경기도 파주시 광인사길 217

전화 031-955-3777 팩스 031-955-3778

홈페이지 willbookspub.com

블로그 blog.naver.com/willbooks 포스트 post.naver.com/willbooks

트위터 @onwillbooks 인스타그램 @willbooks_pub

ISBN 979-11-5581-641-7 04800
　　　　979-11-5581-639-4(세트)